YOUNG AGE小說鮮視界！

YA!

青春滿點！活力滿載！好看滿分！

妖怪公寓 3

妖怪アパートの幽雅な日常

香月日輪

佐藤三千彦◎圖

紅色◎譯

歡迎光臨 妖怪公寓

房客介紹

妖怪公寓（又稱「壽莊」）：
是一棟看起來非常古舊、彷彿隨時會倒的老房子。在這棟房子的結界內，原本看不見的東西會變得比較容易看見，原本摸不到的東西也會因此而摸得到。好幾層次元在此重疊、交錯，也因此，這裡變成了附近所有妖怪的「社區活動中心」！

房東先生：
長得像顆特大號的蛋，矮胖的身體上有一對細小的眼睛。烏黑的身上穿著白色和服、纏著紫色腰帶。而那小得不能再小的可愛雙手上，抓著寫有租金的大帳簿。

【一〇一號房】麻里子：
性感的美女幽靈，有著大大的眼睛、可愛的鼻子，身材好得讓人噴鼻血！但因死了太久，常忘記自己是女人，全身光溜溜地走來走去。

【一〇二號房】一色黎明：
人類。他是詩人兼童話作家，作品風格怪誕，夕士是他的頭號粉絲。他有一張有點痴呆、像小孩的塗鴉般簡單的臉。

【一〇三號房】深瀨明：
人類。他是畫家，養了一隻大狗西格。他常常全身上下裹著皮衣、皮褲，騎重型機車，以打架為消遣……不管怎麼看，實在都像個暴走族。

【二〇二號房】稻葉夕士：

人類，条東商校的學生，將升上二年級。國一時爸媽車禍過世，變成孤兒的他個性也變得很壓抑。原本因貪便宜而住進「妖怪公寓」，結果從此卻愛上了這裡。

【二〇三號房】龍先生（總算回來了）：

人類，是莫測高深的靈能力者，妖怪見了就怕。他看起來永遠都是二十四、五歲，身材修長，一頭飄逸長髮束在身後，是個非常有型的謎樣美男子。

【二〇四號房】久賀秋音：

人類，鷹之台高校的學生，將升三年級，兼當修行中的除靈師。個性活潑開朗，食量奇大無比！看起來是個普通的美少女，但是兩三下就能把妖怪清潔溜溜。

【二〇八號房】佐藤先生：

妖怪，在一家大型化妝品公司工作了二十年，誇口自己在女職員之間人氣NO.1！

【二〇九號房】山田先生：

妖怪，負責照料妖怪公寓的庭園，模樣像個圓滾滾的矮小男人。

房客介紹

舊書商：
咖啡色頭髮垂肩，戴圓框眼鏡。身上穿著舊舊的牛仔裝，皮帶頭上扣著銀色扣環，還戴了項鍊和手環，長滿鬍碴的嘴邊叼著菸，感覺就像是古時候的流浪漢。

骨董商人（目前行蹤成謎）：
「自稱」是人類，身旁跟著五個異常矮小的僕人。輪廓很像西方人，留著短短的八字鬍，左眼戴了一個大眼罩，右眼則是灰色的。給人的感覺相當可疑。

琉璃子：
妖怪，是妖怪公寓裡的害羞天才廚娘，做的料理超～級美味！總是隱身在廚房裡，永遠只看到她忙著做飯的「一截」纖纖玉手。

小圓：
處於靈體物質化狀態。年紀大約才兩歲，眼睛圓滾滾的，長得很可愛，但身世淒涼，令人鼻酸。身旁有一隻也是處於靈體物質化狀態的狗——小白忠心守護著。

長谷泉貴：
從小和夕士是死黨，也是夕士唯一的朋友，他心思細膩，和天真的夕士個性完全相反。以頂尖成績考上升學名校的他，野心是奪走自己的老爸位居要職的公司。

翻開魔法之書

使魔介紹

【被封印的魔法之書】《小希洛佐異魂》：

夕士從舊書商那裡得到的魔法書，簡稱「小希」。大小跟字典差不多，黑色皮革封面，只有二十二頁，每頁都畫了一張圖，圖上分別有從一到二十一的羅馬數字，最後一頁則是一張印了「0」的圖。目前只有十四個使魔出場。

【愚者】富爾（0）：

「0之富爾」，是《小希洛佐異魂》的介紹人，非常彬彬有禮。身高才十五公分左右，頭上戴著類似軟呢帽的東西，穿著緊身褲襪，看起來很像中世紀的小丑。

【魔術師】金（I）：

萬能精靈，也就是所謂的「阿拉丁神燈精靈」。是一個身體硬朗的禿頭大叔，穿著也真的像是從阿拉丁神燈裡面出來的精靈一樣。

【女祭司】潔露菲（II）：

風之精靈，出現的時候，四周會颳起一陣風，可是風力不太強。

【皇后】梅洛兒（III）：

水之精靈，會使空盪盪的空間突然閃閃發光，水便開始從亮光之中滴落。只是水量通常不大。

【戰車】希波格里夫（VII）：

神之戰馬，是黑色的獅鷹，能夠在瞬間奔馳千里。體型比馬大了好幾倍，有著一張像爬蟲類一樣嚇人的臉。

【力量】哥伊艾瑪斯（VIII）：

石造精靈人偶，是一尊羅馬戰士風格的石像，將近三公尺高。不過，它的活動時間只有一分鐘左右，一次使出的力量總和是三公噸。

【隱者】寇庫馬（IX）：

貓頭鷹一族，負責侍奉智慧女神米娜娃，掌握了世界上所有的知識。富爾稱牠「隱居大爺」。牠雖然是智慧的象徵，但是年紀大了記性不好，什麼事情都馬上就忘光光，而且有點痴呆，老是在打瞌睡。

【命運之輪】諾倫（X）：

代表斯寇蒂、丹蒂、兀爾德三位命運女神，她們出現時帶著一個大大的黑甕，甕中裝著類似水的液體。而諾倫則是結合三人的力量所進行的法術，如：占卜、透視、模擬巫術等等。

使魔介紹

【吊人】凱特西（XII）：
貓王一族，就是「穿長統靴的貓」。外型是一隻黑貓，大概有中型狗那麼大，還拿著一根菸管。不但很懶散，也是一隻愛騙人的貓。

【死神】塔納托斯（XIII）：
死亡大天使一族，專門侍奉冥界之王。身高像個小孩，穿著黑灰色袍子，拿著一把小鐮刀。在袍子底下看不見臉，裡面是全黑的，感覺很陰森，只不過，預言能力趨近於零。

【節制】西蕾娜（XIV）：
吟唱咒歌的妖鳥，是一個麻雀般大小、人面鳥身的女人，也就是「鳥身女妖」，只有臉是人類的臉，身上覆滿了純白的羽毛，在黑暗之中會發出朦朧的光芒。她的歌聲宛如鳥囀，充滿了不可思議的震撼力。

【惡魔】刻耳柏洛斯（XV）：
地獄的食人狼，現身時，會放出劈哩啪啦的青白色雷電。然而，牠現在還只是一隻非常可愛的『小狗』，再過兩百年才會長大。

【高塔】伊達卡（XVI）：

雷之精靈，現身時，空中會放電。可是，他的力量只有一瞬間，而且電壓也不怎麼高。

【審判】布隆迪斯（XX）：

在最後的審判中喚醒死者的神鳴。連死者都能喚醒的天神喇叭，會造成一股巨大衝擊波「咚哐——」，每次都會把附近的玻璃窗全部震破，但是這對壞人很有嚇阻力量。

一起體驗魔法生活！

目錄

常有的事

「早，夕士！」

今天早上，久賀秋音精神飽滿的聲音也響徹了走廊。

「早啊！秋音。」

我還沒睡飽——昨天太晚睡了。

話說回來，現在也才早上五點。會這麼早起的高中生，只有打工送報的而已。

「那我們就開始囉～」

「請多指教！」

我幹勁十足地敬了禮，秋音就用水管在我身上澆水。

雖說已是初夏時分，一大清早就進行水行還是令人受不了。皮膚、肌肉全都緊緊縮在一起，感覺所有的空氣都從收縮的肺中跑出來，換了全新的空氣進去似的。心臟因為刺激而劇烈地跳動，驅動全身上下的血液循環。

然後，我就開始進行據說可以提高精神力的「誦經」。

我的訓練員是久賀秋音，她生來就有靈能力，立志成為專業除靈師。她現在唸高三，是個綁著馬尾的可愛女生，很有活力，特色是「驚人的超大食量」。

這就是我——「全新的我」——從春天開始的日課。

我是稻葉夕士，条東商校二年級的學生。我的目標是在商校學習各種技術，希望能在畢業之後成為公務員、或是擁有實戰能力的生意人。撇開爸媽早故、目前一個人住這兩點不談，我是個非常普通的高中生……至少在今年春天之前還是。

在命運巧妙地引導下，我來到「壽莊」居住，我的「生存方式」也因而有了劇烈的改變。

「壽莊」——通稱「妖怪公寓」。外表雖然是歷經歲月，大正時期的現代西式建築，不過卻是名副其實的鬼屋。黑坊主、只有一截玉手的幽靈、喜歡打麻將的鬼、大餅臉上只有一張嘴巴的女人，還有其他像是發光的東西、飄浮的東西、匍匐前進的東西等等，齊聲高唱著怪物進行曲。在這棟公寓裡，不屬於這個世界的東西和屬於這個世界的——也就是人類——在此「共存」。

懂了嗎？光是這樣，已經足以把我至今所累積的常識和思考模式敲得粉碎。更別說這些「人類」了，不是靈能力者，就是往來於別的次元的商人，還有搞不清楚到底是不是人類的傢伙，個個都超有個性。曾經一度離開這裡的我，現在已經完全是他們的「夥伴」了。

就在我想著這些事的情況下，今天早上兩個小時的工作也結束了。現在，我越來越覺得時間過得飛快。

「辛苦啦！」

「謝謝。」

我擦著身體走進公寓之後，看到一個身高約十五公分的小矮人突兀地站在通往二樓的樓梯上。

「你好，主人。今天早上也要工作，真是辛苦你了。」

小矮人誇張地行禮。

「喲！」

這傢伙是「富爾」，魔法書《小希洛佐異魂》的介紹人。真實身分是精靈？妖精？我也搞不清楚，不過總而言之，他是我的「僕人」。

「那我先去洗個澡。」

「請慢走。」

富爾又誇張地敬個禮。

回到這個世間罕見的妖怪公寓後，這年春天，我又有了更罕見的「邂逅」。

就是魔法書《小希洛佐異魂》。

這是一本用法術封印了二十二個「精靈」、或者說是「妖魔」的魔法書，魔法書的主人可以自由地「使喚」二十二個精靈。

不知道是什麼因果關係還是開玩笑，我竟然被選為魔法書的主人。在一樣擁有自己的魔法書《七賢人之書》，並且能夠使用其力量的公寓房客「舊書商」以及秋音等前輩的指導下，我踏上了擁有自在操縱魔法書能力的「魔法師」之路。

……這麼一說，好像我即將開始一段充滿幻想色彩的大冒險一樣，事實上應該沒有任何一丁點的可能性吧——因為這本《小希洛佐異魂》雖說是魔法書，卻也是一本「搞怪」魔法書。

而且，本來就有一本叫做《希洛佐異魂》的大魔法書（聽說這本書裡面封印了七十八隻妖魔），「小希」只是模仿這本書製作出來的，是哪個人做的我倒是不知道，不過封印在裡面的精靈、妖魔全都是一些派不上用場的傢伙：有點脫線的介紹人「富爾」；瞬間就用完所有力量，並且短時間之內無法再使用的「萬能的精靈」；什麼事情都想不起來的「智慧的貓頭鷹」；只會吹牛，一點用處也沒有的「穿長統靴的貓」等等。就算我真心想要成為BOOK MASTER，手下的這些使魔也實在讓我欲振乏力。

所以，我的目標還是當公務員或商人。

不過，會魔法的公務員很酷吧？不是什麼騙人的把戲，而是貨真價實的魔法哦！

我跟著秋音他們修行，就是為了要修練成為魔法師所要具備的最低程度的靈力。聽說，魔法師在使用魔法的時候是會縮短壽命的。為了不要折壽，我一定得靠修行提高精神力才行。

平常早上五點到七點進行誦經，休假的時候還要加上誦讀般若心經——現在正值季節交替，從春假開始的這些修行已經變成我的「日常生活」了。

我這個平凡的高中生，每天做過「晨間水行」之後才去上學，書包裡還放著魔法書……很好笑吧？

由於我是個非常普通的高中生，所以就算是個魔法師、就算隨身帶著魔法書，當然還是不可能跟妖怪「戰鬥」——畢竟學校只是一所非常普通的商業學校，我住

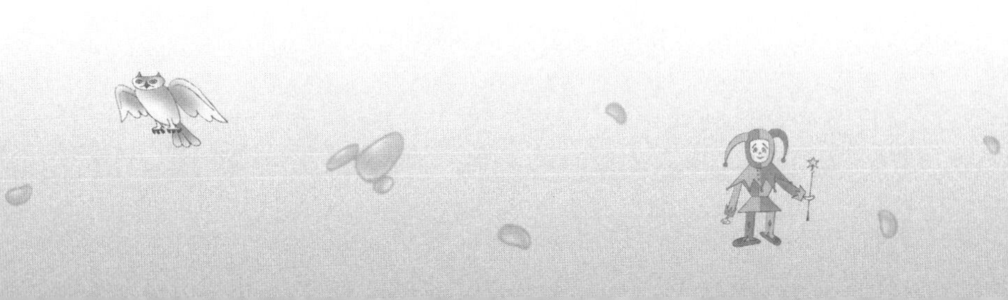

的地方也只是個非常普通的住宅區。

雖然我住在妖怪公寓裡，又是個魔法師，但卻過著所謂「非常普通」的日常生活，這讓我覺得有點奇妙，「普通」的定義變得有些曖昧不明。

所以我很喜歡這間妖怪公寓。

什麼是「特別」？什麼又是「普通」呢？

只要待在這裡，就會發現無限多的價值觀。

也會知道任何事物都隱含著無限多的可能性。

我自己也有無限的可能。我也是「特別」而又「普通」的。

好了，去公寓的地下洞窟天然溫泉暖暖冰涼的身子吧！

長谷和小圓都在那裡。

「喲！我先來了。修行辛苦了～啊！早上洗溫泉真是太棒了。對吧？小圓。」

「長谷……你真的是……」

長谷泉貴——我的死黨，目前就讀東京都內有名的升學名校。

其實我原本很害怕。長谷一直支持著失去爸媽的我，所以要對他說出妖怪公寓和這本「小希」的事情時，我很怕他無法接受這個事實和現況。我不想失去長谷，但是又非將所有的事情都說出來不可，兩難的窘境幾乎讓我崩潰。

結果呢，長谷相當喜歡妖怪公寓，只要一放假就會騎著機車飛馳而來，小住幾天。

「是你害我睡眠不足的，竟然還好意思大大方方地先來泡澡。」

「有什麼辦法嘛！誰叫小圓不肯放我們走。」

長谷摸著小圓的短髮。

小圓是有著圓滾滾的臉蛋和骨碌碌雙眼的可愛小男孩，遭到生母虐待致死後，和養育他的狗小白一起，在這棟公寓裡備受疼愛，等待著投胎轉世之日到來。

小圓已經完全習慣了長谷，只要長谷一來，就會一直黏在他身邊。長谷也認真地貫徹自己「假日的爸爸」的使命。

從昨天進入黃金週開始，長谷就擺出一副理所當然的樣子在這裡住下來，也和往常一樣，帶了堆積如山的伴手禮給住在公寓裡的每個人。這次他帶了電視遊樂器，將電視遊樂器接在起居室的電視上之後，小圓便熱中地看著「超級瑪利」的畫面。

小圓骨碌碌的眼睛睜得更大了，他坐在最前面看著電玩畫面，模樣很可愛，讓人不禁會心一笑。要我和長谷對戰給他看是沒問題，不過每當遊戲結束，他就會無言地催促我們趕快再開始（小圓不會說話），不讓我們罷手。結果，我們就這麼玩到半夜兩點。

長谷可以跟小圓一起悠悠哉哉地睡到早上，不過我可是要修行欸！修行！不管我是睡眠不足還是根本沒睡，秋音根本就不可能饒過我。

話說回來，只要泡在溫泉裡，所有的疲勞就會消失無蹤。

有點暗的安靜洞窟裡，蒸氣裊裊升起。熱水的溫度恰到好處，讓人覺得要泡上一輩子都可以。

「吁～～～真是天堂。」

長谷和我異口同聲地說。只要泡在熱水裡，我們就會忍不住這麼說。

然後就是早餐！早餐啦！

「早安。」

我在餐廳門口敬了一個禮。

「喲——早啊！」

「早安。」

妖怪公寓的餐廳裡總是聚集著一張張性格的面孔。

「昨天你很晚才睡吧？夕士。今天爬得起來啊？電動打太兇對眼睛不好哦！」

長了一張像是塗鴉一般的臉、露出笑容的人，是詩人兼童話作家一色黎明。他專門撰寫唯美又詭異的童話故事，是個深受部分狂熱書迷支持的作家。

「呿！」

詩人的老友——畫家深瀨明一聽到電視遊樂器就表現出不滿的樣子。他的畫作屬於普普風，作品中蘊含強大的能量，在海外受歡迎的程度更勝於日本，不過他本人倒是比較像暴走族老大，一點也沒有畫家的樣子。實際上，這位重機騎士畫家也經常和愛犬西格一起騎機車雙載去旅行。

「電視遊樂器有什麼好玩的？」

「這個問題請你問小圓吧！」

我把小圓抱給畫家。

「哎呀！休假的早晨果然不錯。」

明明是妖怪，卻在大型化妝品公司上班的佐藤先生正在優閒地享受假日的早晨。喜歡園藝的山田先生在看體育報，妖怪托兒所的保母麻里子今天也美得傾城傾國，秋音則是扒著大碗裝的白飯——這個早上一如往常。

而今天早上琉璃子的超美味菜單是……

味醂秋刀魚乾和海帶芽滷竹筍、牛蒡鹿尾菜和溫泉蛋、培根炒蘆筍，味噌湯裡面加的則是蛤蜊。當然，白飯也充滿了光澤。

總記得在長谷來時準備吐司麵包的琉璃子，生前夢想成為小餐廳女老闆，最後卻抱憾而終。只要一想到那一截玉手是兇手殺人分屍的傑作，就不禁令人覺得心酸。在這棟公寓裡，包括我和秋音，大家總是一邊喊著「好吃好吃」，一邊津津有味地吃著琉璃子做的料理，讓琉璃子覺得十分幸福，所以她每天都勤快地替我們準備伙食。

「味醂秋刀魚乾超好吃～」

我將帶著深刻甜味、肉質渾厚的秋刀魚從頭啃到尾。

「蛤蜊湯的味道都滲進胃裡了呢～」

長谷一邊吃著吐司麵包，一邊喝著味噌湯。長谷在這棟公寓裡學到了一件事：麵包和味噌湯的味道很合。

「今天早上的早餐也棒呆了，琉璃子。」

我們齊聲說完，琉璃子便扭了扭白皙的手指。

「你們看，這是剛才寄來的。」

秋音拿出一個裝了櫻桃的木盒子，裡頭散發出如同寶石般鮮豔的紅色光輝。

「哇！亮晶晶的。」

「好大。」

「聽說是今天早上剛採下來的。夏天到了嘛！」

秋音這麼說完之後，餵了小圓一顆。塞滿了腮幫子的大櫻桃讓小圓看起來像是在含糖果似的。

住在各地的山上、海裡的妖怪們都會將各種季節食材送到這棟公寓來。春天有春天的喜悅，夏天有夏天的歡愉，讓人深深體會到日本的四季分明。

妖怪送來的夏天第一批櫻桃大而多肉，吃起來口感很棒，那淡淡甜味充滿了清新的初夏情懷。

公寓的起居室裡，清爽的風吹過了開放的緣廊，樹木的嫩葉在初夏的日照下發出光芒。

山田先生彎著原本就很彎的背，正在拔雜草。

爬滿整面圍牆的藤蔓薔薇綻放著美麗的花朵。可是，爭奇鬥豔的紅色、白色、黃色和粉紅色薔薇，卻一口吃掉了飛過的昆蟲。

「……原來那不是薔薇啊……」

「應該不是哦……」

坐在緣廊的我和長谷互看了一眼，同時爆笑出聲。

「怎麼樣？稻葉，你的學校生活過得還順利嗎？」

長谷老氣橫秋地問了這個問題之後，讓我笑得更厲害了。

「順利啊！其實根本沒什麼事，就是唸書、上社團、打工。」

我聳聳肩說。

我想，長谷說的「順利嗎？」指的應該是「小希」的事。

帶著一群妖魔，真的能過普通的生活嗎——這才是他真正的問題。

長谷會擔心也是理所當然的。如果這是漫畫或是卡通的話，就會有妖魔鬼怪出現在學校，把我和其他學生都捲入混亂之中……接下來的發展應該會是這樣。

「不可能變成那樣子的啦！我們學校只是一所普通的商校。不過我倒聽說上院高中從以前就常有『那種東西』。」

目前，「小希」跟介紹人富爾都遵守著我的吩咐，不在人前出現。

只要我不召喚，其他的妖魔就不會出現，只有「零之富爾」可以自由地進出魔法書，所以我才會吩咐富爾不准突然出現。富爾行了一個誇張的禮說「遵命」，不過那副誇張的樣子實在是有夠做作的。

「突然看到那種東西的話，大家確實會嚇一跳。」

長谷笑著說。其實他就是那個嚇一跳的人。

一般務實的平凡人不像長谷那麼聰明，就算看到一個只有十五公分高、像人偶的東西自在地說話、移動，大概也只會笑著說：「哇，好精緻的模型哦！」即使如此，要是我把那種東西放在自己肩膀上和它對話，看起來也像個百分之百的變態，基本上我還是想避免這種狀況發生。

可以的話，我只想在不需要打開「小希」的情況下過生活……

換個立場思考

這時，四周突然變得安靜了下來。

白天的公寓原本就比較安靜，可是連徐徐吹來的風都瞬間靜止了。

「嗯？」

甚至連長谷都感受到了。

我嚇了一跳，接著靈光一閃。

「是龍先生！」

我反射性地望向門口。

龍先生是秋音的偶像，據說是道行非常高的靈能力者，目前還是個謎樣的人物。不過，只要他一出現，附近的妖怪們就會像現在這樣全都靜下來，讓出一條路給龍先生。真的非常戲劇化。

一個黑色的人影緩緩地出現在門口。

一襲黑色長大衣包覆著瘦瘦高高的身材，長長的黑髮綁在身後——龍先生的造型還是跟以往一樣。

「龍先生！」

我飛奔過去。

「嗨！夕士，好久不見了。歡迎回來。」

龍先生帶著溫柔的笑容平靜地對我說。

因為他是道行高深的靈能力者的關係嗎？從他的談吐便令人深刻感受到他獨特的存在感，以及他散發出的高度知性、理性的氣質，令我非常著迷。

你的人生還很長，世界也無比寬廣。放輕鬆一點吧！

對我說這句話的人就是龍先生。這句話開啟了我的新世界的大門，同時也是支持我的力量之一。

當龍先生這麼對我說了之後，我才能夠坦率地面對自己……

我覺得那就是他的力量。

這段時間發生了好多事，現在再見到龍先生，讓我心裡有很多感觸。

龍先生凝視著我的臉，然後稍微瞪大了眼睛說：

「夕士，你的感覺完全不一樣了。我聽說了，你和魔法書很合嘛！」

「對……」

我連話也說不好了。在超、超、超、超厲害的前輩面前，我該說什麼才好？龍先生一邊伸出手摸摸我的臉、肩膀、手臂和胸部，一邊若有所思地點著頭。

「現……現在……我現在就去拿來！」

我這麼說完之後回過頭，發現長谷走了過來。

「啊！這傢伙是我的死黨……好友長谷泉貴。我的事情……他全都很了解……」

看著長谷的臉說著這些話的同時，我突然覺得很激動，覺得現在說什麼似乎都是多餘的了。

我慌張地跑進公寓裡面，兩個人自我介紹的聲音從身後傳來。

走進自己的房間後，我先用力吸了一大口氣。真奇怪，為什麼我會想哭呢？

我拿起桌上的「小希」，透過窗戶可以看見龍先生和長谷在說話。

我再次深呼吸，接著走出了房間。

「就是這個——《小希洛佐異魂》。」

我將那本和國語字典差不多大的薄薄小書遞給龍先生。

「哦……」

龍先生興味盎然地看著「小希」，並慢慢地翻閱著內頁。我和長谷一直盯著他看。

「哇……裡面有滿厲害的東西哦！」

龍先生微微睜大眼睛。

「你知道嗎？」

「就是有這種感覺。」

這個人果然很厲害……嗎？我也搞不清楚。

「但是裡面的東西都沒什麼用欸！」

在龍先生看著「戰車」的那一頁時，我對他說。

「這叫做『希波格里夫』，是像黑馬的鳥，不過沒辦法騎。」

「哦……哈哈哈哈！對，不能騎不能騎。」

龍先生一邊大笑一邊搖頭。

「你知道嗎？」

長谷開口問龍先生。

「因為希波格里夫是神的馬啊！如果不是非常厲害的魔法師，或是和牠心意相通的人，應該是沒辦法騎的吧！」

「龍先生有騎過嗎？」

「沒有沒有，那麼危險。」

超級靈能力者輕描淡寫地說。

「哦！這個是……魔犬吧？」

「啊，這傢伙還是幼犬……聽說要過兩百年才會長大。」

龍先生爆出笑聲。

「還有老年痴呆的智慧貓頭鷹、只會吹牛的長靴貓，死神則是對著小圓說：你三天之內會死掉！該怎麼說才好……」

「啊哈哈哈！」

龍先生和長谷捧腹大笑，我覺得說著這些話的自己變得好空虛。

「哎呀！不過呢……幸好不是真正的希洛佐異魂等級的魔法書。」

龍先生摸摸我的頭。

「秋音也這麼說……」

「沒錯。事出突然，可能讓你嚇了一跳，不過這沒什麼。」

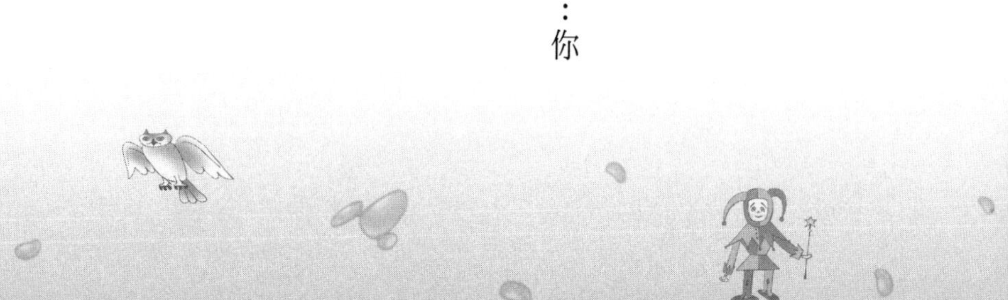

這句話再次深得我心。

「舊書商也這麼說。」

「嗯。」

「我是覺得如果真要走上這條路，還不如當龍先生的後輩……」

話才說到一半，龍先生和長谷便看著我身後，詭異地「啊」了一聲。我狐疑地回過頭，赫然發現舊書商笑咪咪地站在我後面。

砰！

「好痛～～～」

我被舊書商的迎頭一擊當場打倒。

「呦！龍先生，好久不見。」

破破爛爛的牛仔套裝上下別滿了銀飾和玉飾、頂著一頭毛毛躁躁的咖啡色頭髮、戴著圓框眼鏡、留著鬍碴，嘴裡含著一根短到不行的香菸——這個看起來像在路邊販賣手工飾品的男人，就是「舊書商」。

這個販賣古今中外奇書珍本的謎樣商人，真實身分是操縱魔法書《七賢人之書》的魔法師。

「嗨！舊書商，幾年沒見啦？你都沒變。」

「彼此彼此。」

兩個魔法師互相拍著彼此的肩膀。

「真是不可思議，我們居然突然有了『後輩』。」

龍先生再次看著我，用一種感慨萬千的語氣說。

「就算會使用魔法，還是會碰到無法預測、無法預知的事情。世界真是充滿了驚奇啊！」

舊書商的眼睛在圓框眼鏡後方露出笑意。

被兩個超級魔法師盯著看的我，不由得滿臉通紅。

「而且還是『小希』呢……」

長谷突然說。然後龍先生、舊書商和長谷便在瞬間大爆笑。

「哎呀，『小希』的確是部傑作哦！我真的很想和作者見個面！」

「沒想到竟然敢模仿那本有名的魔法書希洛佐異魂。」

「好了，來慶祝我們久別重逢吧！龍先生，喝酒啦！」

舊書商和龍先生大笑著走進公寓裡。

長谷還在笑個不停，我朝他的屁股踢了一腳，說：

「你要笑到什麼時候？」

「哎呀哎呀……哈哈哈！不是啦，你跟小希真的很配。」

「你是什麼意思？」

長谷輕鬆地接下我擊出的右直拳，說：

「龍先生真是個帥氣的男人。」

「對……對吧！」

「不只是外貌，可以感覺得到他的內在也非常有料。總有一種……他光是站著，就有一種很強的存在感。雖然他身材那麼纖瘦，卻非常有分量。」

真不愧是長谷，看得還滿清楚的嘛！他們不過剛見面，說過短短幾句話而已。

接著，長谷從喉嚨深處發出了笑聲，說：

「然後還長這麼帥，這根本就犯規了吧！」

「哼！你還好意思說。」

你還不是利用了自己那副端正的外表，看起來超有氣質又優秀，其實根本是在檯面下操縱不良學生的黑暗老大（現在已經沒人用這種說法了），將來還想率領那些傢伙篡奪大公司，誰會想得到啊？

「吁……」

富爾嘆了長長的一口氣之後出現了。

「富爾？你還真聽話。」

「我感覺到極大的靈壓，所以非常緊張。」

富爾無奈地聳聳肩。

「哦……我應該說『真不愧是龍先生』嗎？」

「雖然沒有古時候那麼厲害，不過真沒想到現代還有這麼優秀的魔法師呢！」

「古時候應該有很多厲害的魔法師到處跑吧！」

長谷露出了孩子似的表情說。

現在還是白天，公寓的起居室裡卻已經開始喝起酒來了。

龍先生、舊書商、詩人、畫家、公司放假的佐藤先生，以及山田先生和麻里子，除了這些成員之外，仔細一看，還會發現一些不知道是誰的「手臂」伸過來拿酒、夾菜。混雜了人類和非人類的酒宴，就這樣大剌剌地在大白天展開了。

琉璃子準備了一大盤初鰹❶生魚片。她將生魚片切得大而薄，正合時節的鰹魚閃閃發光。

「除了產地之外，只有在這裡才吃得到鰹魚生魚片。」

龍先生高興地將沾了生薑和醬油的生魚片一口放進嘴裡。

「是哦？鰹魚游得還真快。」

只吃過鰹魚泥料理的長谷因為頭一次吃到的生魚片而感動不已。

鰹魚的口感很有彈性，味道濃郁。生薑除去了魚腥味，更為美味加分。

「戻鰹❷更好吃哦！油脂一大堆，簡直就跟鮪魚肚一樣。」

詩人說完，長谷便當機立斷地說：「我到時候再來吃。」

當鰹魚生魚片、醬油和以美乃滋涼拌的蔬菜沙拉、上面放了紫蘇末的特製橘子醋鰹魚泥端出來之後，大家全都歡聲雷動。

我是知道詩人和畫家是酒鬼啦！不過沒想到龍先生也很會喝。大家的身邊都各自放著個人專屬的一升酒瓶，沒多久就開始直接拿起酒瓶喝酒了。有這麼美味的下酒菜，大家會想喝酒也是理所當然的……不過我還不會喝酒。

「幹嘛不合群？你該不會是想說酒要到二十歲才可以喝吧？」

據說打從出生開始就是個壞孩子的畫家嘲諷地說。

❶初鰹是夏季的鰹魚，非常美味。

❷戻鰹是朝南方回游的秋季鰹魚，由於經過了低溫海水區，所以脂質充足。

「不，我沒這麼說。只是單純地不覺得好喝而已。」

「真是太嫩了～～～」

這次所有的人都笑了。你不准跟著笑，長谷！

當油炸蝦子和正是季節的生薑端上桌來的時候，大家又因為飄散的香氣而一起興奮了起來。

在這個涼爽的初夏中午，以從天空灑下的乾燥陽光為背景，一群看起來非常可疑的傢伙聚集在一起飲酒作樂，聊著一般人無法理解的奇怪話題。這種不平衡的感覺，大概也是這棟公寓的一大魅力吧！

雖然不平衡，但是感覺起來又非常平衡。

飲酒作樂的地方充滿了清透的氣息，完全不會讓人覺得封閉，也沒有沉重的感覺（某些地方的宗教團體才真的給人一種又沉重又混濁的感覺）。

我想，這是因為來到這棟公寓的每個人心中都維持了「完整的平衡」的緣故。

擁有超能力的人。

與截然不同的異類一起生活的人。

往來於這個世界和那個世界的人。

要是無法把持「自我」，心中的平衡應該立刻就會崩毀而迷失吧！

我最應該在這棟公寓學習的，或許就是這種「平衡的感覺」。

長谷曾經說過，價值觀是在和別的價值觀比較之後，才真正成為價值觀的。我希望能確實地擁有自己的價值觀，並且不讓這個概念堅固不動搖，而是要讓它經常變化、毀壞、重生。

「啊！是龍先生，歡迎回來。」

有事出門的秋音回來吃中飯了，一看到她崇拜的龍先生就露出了非常高興的笑容，不過看到桌上的餐點時，她臉上的光輝更增加了好幾倍。

「哇！怎麼了？已經開始吃午飯了嗎？啊！這是鰹魚生魚片？」

秋音踢開了鞋子，從緣廊爬了上來。大家全都大笑出聲。

「這個鰹魚生魚片的茶泡飯真是太——好吃啦！」

「鰹魚茶泡飯？不會有腥味嗎？」

長谷驚訝地問，秋音搖搖頭。

「只要拿兩、三塊放在小碟子裡面，加上醬油和生薑擺個三十分鐘就好了。」

「秋音，琉璃子已經幫妳弄好了哦！」

佐藤先生說。

「真不愧是琉璃子！真了解我～～～」

就如同興奮的秋音說的一般，鰹魚茶泡飯真是好吃得沒話說。

熱騰騰的白飯上面放著兩、三塊泡過生薑、醬油的鰹魚生魚片，再淋上熱呼呼的烘焙茶之後，半熟的生魚片香味全都跑了出來。這個時候再將泡過鰹魚的醬油適量地灑在飯上，醬油、茶和魚的味道合為一體，和用高湯泡的鯛魚茶泡飯不同，吃起來有種非常樸實的味道。就好像在某個鄉下地方——尤其是漁夫聚集的城鎮吃到的在地味道一樣（再加上紫蘇末和山葵，就變為頗高級的料理囉）。

我們未成年組吃著一碗碗的鰹魚茶泡飯，又在中午飽餐一頓了。

大人們的宴會一直持續到晚上，起居室角落的一升酒瓶就像保齡球瓶一樣排在一起。

晚上，大家一起泡了溫泉（秋音當然沒跟我們一起泡。不知道是幸還是不幸，麻里子也不在。早就沒有女性矜持的麻里子總是若無其事地跑到男用澡堂來）。

龍先生將長髮束在頭頂上，看起來簡直就像個女人，不過令人意外的是他的肌肉很結實，上面還有大大小小的傷疤。

「……這該不會是刀傷吧？」

看見一條大大橫過龍先生左肩、看起來美得很奇妙的直線傷痕之後，長谷訝異地問，可是龍先生只露出苦笑，沒有回答。

「因為他做的是黑道生意嘛！」

舊書商笑了。黑道生意？

「在美國中西部的沙漠上，有一個把人類當成活祭的宗教團體。」

舊書商的話讓我和長谷都睜大了眼睛。

「真、真的把人類當成活祭嗎？」

「活生生地燒死，然後再由所有的信眾吃掉。」

「真的假的？」

「不是不是。不是吃，是磨成粉喝掉。」

龍先生輕描淡寫地修正。我們異口同聲地說：

「還不是一樣！」

「為了消滅那個宗教團體，龍先生就和州警一起潛入宗教團體的總部。」

「好厲害。然後呢？」

「一場激烈的槍戰就開始了——州警對宗教團體。」

畫家打趣地說。

「槍戰？那個宗教團體是武裝分子啊？」

「他們有八十把機關槍、五十顆手榴彈，還有二十發地獄火。」

「地獄火……你是說反坦克導彈?!」

長谷的大喊聲和大人們的輕笑聲在洞窟澡堂裡回響。

「然、然後呢？怎麼樣了？」

「唉！當然，本來的目的是逮捕教祖和幹部，讓宗教團體解散……」

龍先生露出苦笑。詩人平淡地接著說下去。

「團員全都死了。教祖、兩百名信眾和建築物全都自爆了，就是所謂的集體自殺。」

「那個……我在新聞上看過。」

無視於瞠目結舌地看著彼此的我和長谷，龍先生非常輕地拍了自己的額頭一下，說：

「哎呀！那真的是大失敗。」

「哇哈哈哈哈！」

「呀哈哈哈！不管什麼時候聽，我都覺得好好笑。」

該笑嗎？這是笑話嗎？

「可是人質得救了啊！」

「就算警方沒有潛入攻堅，對方應該也打算集體自殺吧！」

「救不了的人就是救不了。」

雖然大家都說得輕描淡寫的，不過畫家說的這句帶著虛無主義的「救不了的人就是救不了」，還是讓我感同身受。

這個世界充滿了無藥可救的現實，誰也無法改變現實，但卻有人仍然在和它對抗。

「龍先生在做黑道生意的時候總是少根筋，所以才會弄得滿身是傷。」

「你哪有資格說我啊？舊書商。在秘魯深山中無法成功從山賊手中奪回被搶走的神秘書籍，還被人家用機關槍還擊的人是誰啊？」

「他們大概打出了一百發子彈，不過只有兩發擊中我而已。」

「跟你們兩個比起來，畫家打架留下的傷痕根本就是小兒科。」

詩人笑了。

「一點也沒錯，被流氓用啤酒瓶打出來的傷痕根本沒什麼好驕傲的。」

畫家笑著露出了手臂上那一條傷痕。

「不過一色先生之前也差點被熱情的書迷砍死哦！」

龍先生笑著說。

「哦，對啊！那個女生真的很激動。」

「要是被那把菜刀砍到的話，可是會當場斃命的。太可惜了。」

在大笑的大人們面前，連長谷都嚇得驚訝不已。

長谷的爸爸是大公司的重要幹部、媽媽是政治人物的女兒，因此他知道許多公司的內部黑暗情報，不過看到有人能把這種超級不尋常的苦事拿來當笑話說，應該還是讓他大開眼界吧！

我則是從頭到尾都睜大了眼睛。究竟要到什麼時候，我們才能到達這種境界呢？

不過話說回來，聽這些奇怪的大人們說話真的有趣得不得了。

大人口中會吐出世界各處千奇百怪的地名，這些真實的故事讓我覺得自己好像身歷其境。

不管是政治的話題、宗教的話題，或是非常適合澡堂的超猥褻話題，也許有意義、也許沒有，他們總是大剌剌地談論著嚴肅的話題，有時毒舌批判、有時胡鬧地調侃，讓我們感覺彷彿要被這廣大的世界給吞噬了。

有趣的是，長谷總是露出像個小孩一樣的表情聽大家說話。對大人的標準非常嚴苛的長谷，應該沒有用這樣的方式和大人接觸過吧（我也是）！

真正值得尊敬的大人很少。尤其是像長谷這種聰明又現實、骨子裡已經是個大人的傢伙，對他而言，那種「只長年齡不長內涵的傢伙」壓根兒就「不是大人」。

龍先生、舊書商、詩人和畫家或許不是那種擁有家庭、妻小的大人，但卻是絕對需要存在於孩子們身邊的「大人」。

沒錯，他們是「前輩」，更是「老師」。

對孩子來說，大人的角色不正是如此嗎？

那一天，我們小孩子聽著大人說的（有點奇怪的）故事，感覺著自己的成長，就這樣到了半夜。

隔天，當長谷和小圓在起居室玩耍時，庭院裡突然傳來了「砰！」的一聲衝擊，我的肚子因此震動了好一陣子。

我看了庭院一眼，赫然發現一個男人站在院子裡，他的身材異常高大，讓我得仰著頭看他。不，他才不是什麼高大的男人，根本就是巨人！是巨人！而且他的肩膀上還扛著一隻大得誇張的野豬。

「唔……哇！」

我和長谷跳了起來，長谷打算抱起小圓護著他的時候，卻發現小圓看起來並不害怕，小白也安穩地搖著尾巴，所以我們馬上就知道這個巨人不是壞東西。但隨後我們發現，巨人窺視著起居室的那張大臉上只有一顆眼睛，我和長谷還是差點失聲尖叫。

「嗨！又十郎，好久不見。」

龍先生從二樓的窗戶揮揮手。

「哦！」

「又十郎」用粗粗的聲音回答。

「哇！好大的野豬。」

「野豬鍋、野豬鍋～～～」

詩人和畫家興奮的聲音傳來。看來這個獨眼巨人也是這棟公寓的熟面孔。

看到我們冷汗直冒地抬頭看著他，又十郎瞇起他僅有的一隻眼睛笑了。

「你們是菜鳥吧。俺是又十郎，帶了好吃的野豬來哦！」

「你、你好……我是稻葉夕士。從今年春天開始搬進來這裡。他是我的朋友長谷泉貴。」

想不到我還能這麼若無其事地自我介紹，我覺得自己實在是詭異到不行，忍不住笑場了。

「能夠讓我的心臟猛跳的，只有這個地方了。」

長谷好像有些開心地說。

「俺參加了白神❸的狩獵大賽，結果用這頭野豬贏得了優勝哦！」

「真～厲害！」

「你們也有份。」

「好厲害，真是有夠大的，這就能讓人吃夠本了。」

畫家高興地喊著。

❸橫跨秋田、青森境內的山地，叫做白神山地，擁有全日本最巨大的原生林，目前已列為世界遺產。

「這些就分你們吃吧！再過一陣子肉就太爛了，現在這樣最好吃哦～」

又十郎這麼說完之後，便將一個大得必須用雙手環抱的包裹遞給畫家。對耶！肉在新鮮的時候是很硬的。

「這要獻給鞍馬的天狗大人。」

又十郎拍拍大得要命的野豬，哈哈大笑。

「原來真的有天狗啊！」

說完之後，我才吐自己的槽——當然有啊！都到現在了，還有什麼好大驚小怪的？

「又十郎是住在熊野深山秘密鄉野的人。」

龍先生替我和長谷解說。

「秘密鄉野……」

「在熊野和飛驒地區，像白神山這類的深山中就有秘密鄉野存在。由於和這個世界的頻率有些微的不同，也可能是設了結界的關係，一般人是無法輕易進入的。

可是住在那裡的人們並不是妖怪或精靈，而是和我們非常相近的生物，就只是『人種不同』的差別而已。」

又十郎身高大約三公尺，體重大概有兩百公斤吧？身上的穿著是古早時代的「打獵裝束」，雖說像個人類，不過這種身材加上那隻獨眼，實在很難說「只是人種不同」。

「也有人說，秘密鄉野的人們並沒有超能力，只是外觀比較特殊，所以才會被趕到深山裡去……總之，我們本來就是同源，只是種類不同罷了。」

在好久好久以前，像我們這樣的人種和只有一顆大眼睛的人種、有超能力的人種、長著鹿角的人種、頭髮和肌膚是紅色或銀色的人種，全都住在一起。

可是在不知不覺間，數量增加的人種開始討厭和自己不一樣的其他人種，並將他們驅趕到遠方……然後忘了這一切。

到了現在，我們會覺得又十郎的身材和獨眼看起來像是「怪物」，但是過去的人們會不會只感受到現今所謂的「白人和黑人的差別」呢？在過去，我們人類也和獨眼的人、超能力者等各式各樣的「不同人種」一起共同生活過吧！

為什麼只有「我們」改變了呢？

為什麼「我們」無法不改變呢？

「那應該是因為我們的屬性吧！」

長谷說。

「就像又十郎一族是獨眼一樣，我們的屬性則是『增加數量和發展』。這就是我們存活的方式。」

「就好像弱小的生物會產下大量的卵一樣嗎？」

在又十郎的懷抱之中，小圓連大樹上的蟬都算不上，根本就是大樹上的螞蟻了。就像他的體格一樣，性格大剌剌的又十郎滔滔地訴說著他幹掉大野豬的英勇事蹟。

在熊野深山的秘密鄉野裡，又十郎他們已經過了超過千年的和平生活了。由於他們還是會像這樣和其他地方、其他人交流，因此生存方式也絕對說不上封閉。據說他們還會在熊野的深山裡遇見人類，只不過機會少之又少。

「待在深山裡的傢伙都知道。看到俺雖然會驚訝，不過也不會造成騷動，還會給俺香菸呢！」

又十郎開心地說著。我也覺得很慶幸，原來還有那樣的人類存在。

琉璃子端出了用超級大杯子盛裝的梅子昆布茶，還附上切得厚厚的黑糖羊羹。又十郎興奮得不得了，將這些東西全都一口吃掉了。

「去了鞍馬，就會想要帶一大堆好吃的都市零嘴回家呢！我們那裡也有零食，但是俺偶爾還是會想嚐嚐好吃的東西。平常老是吃乾柿子或糀糬倒也沒差，不過要是連客人來的時候都只能端出草餅就不太好了。俺還是想請客人吃抹茶羊羹，而且要是給了小孩子好吃的果子，他們就會乖乖聽話了。」

又十郎說話的方式和我們完全一樣，就像是以前那種個性豪放磊落的老爹。

「在我們的世界裡，像這樣子的人一直在消失呢！」

我對長谷的意見深表同意。

打著男女平等的名號否定男子氣概和女人味的世界……我覺得已經陷入混亂了。這真的是「發展」嗎？太令人懷疑了。

在這個資訊爆炸的時代，我們過著奢侈而方便的最先進生活，然而像又十郎這樣靜靜地過著古早生活，反而更讓人覺得是富足的生存方式。

「這不是物質的問題哦！歸根究柢……還是『這裡』的問題。」

龍先生拍了拍胸口。

「對啊！有天狗大人送我的這雙木屐，俺就可以飛過一座又一座的山。噴射機根本算不了什麼。你們的世界裡沒有這麼方便的東西吧？」

又十郎指著腳上大大的木屐哈哈大笑。

用自己的腳追捕獵物，用自己的手摘取水果，與大自然相依相存。

沒有手機，也沒有電腦，卻有神明，人們和所有不可思議的事物一起生活。

事到如今，我們已經無法回歸那樣的生活了。

但是，如果可以的話，我想要一個兩邊加起來除以二的生存方式……

那是遙不可及的世界嗎？

那天晚上，庭院裡擺出一個大鍋子，開始了「大野豬鍋晚會」。

隨性將野豬肉和蔬菜丟進味噌鍋裡這種料理方式真是豪爽大膽，但是裡頭有用酒、味醂和辣椒等的細緻調味。酒味和白飯也很合。又軟又韌、恰到好處的肉和蔬菜，讓人忍不住一口接一口。

大家都因為味噌和火焰搞得全身上下從裡熱到外，汗流浹背的，不過一大包野豬肉還是在瞬間一掃而空。又十郎愉快地看著大家吃飯的模樣，眼神溫柔得不得了。

「這棟公寓太好玩了。」

躺在墊被上的長谷感慨萬千地說。他明天就要回家，似乎有點捨不得。

「嗯。總覺得這裡可以讓人思考各式各樣的事……我覺得自己搞不好很適合又十郎那樣的生活。」

「你是說打獵裝嘛？那不錯。」

長谷笑得東倒西歪。然後，他突然一臉認真地凝視著天花板說：

「我也……想了很多。」

長谷在國小時代就已經確定「自己的夢想」了。

他的夢想是建立自己的王國。長谷擁有實現這個夢想的力量，所以才能心無旁鶩、筆直地朝著那個夢想前進。

我最近發生的事，和妖怪公寓的事，應該都讓長谷了解，世界比他原本想像的大多了。

長谷應該也在思考「自己的各式各樣的可能性」吧！

也好。

多多思考，甚至為此而感到迷惘也無妨。

因為我們還有很多時間。

「小圓差不多該洗完澡了吧？去接他吧！媽媽。」

「好……誰是媽媽啊?!」

「哇哈哈哈哈！」

我們又順勢扭打成一團鬧著，站在桌上的富爾聳聳肩。

「兩位也該適可而止了，地板都快被你們弄凹了。」

學校的怪談？

黃金週結束，公寓恢復了平靜的日子，我則是回到學校上課。

高二第一學期開始的四月，同樣參加了英語會話社的同班同學田代看著我，歪著頭說：

「你是……稻葉吧？」

「幹嘛？」

「哦，沒有啦！我覺得你好像變瘦了，是不是？」

「請說我變結實了好嗎？」

我還在春假期間學會使用魔法囉！這句話我當然不敢跟她說（就算我說了，她大概也不會相信吧）。

後來，我就這樣持續著平靜的校園生活。雖然「小希」一直在書包裡，不過富爾都會乖乖的遵守（目前是這樣）我的吩咐，沒什麼出場機會，最多就是偶爾在制服胸前的口袋裡問候我的程度（他似乎很堅持他個人風格的出場方式）。果然，妖怪戰鬥什麼的，根本就是天方夜譚嘛！

但是，之前龍先生說了一些讓我掛心的話。

「當然不會跟妖怪戰鬥。不過舉例來說，假設你最近有了喜歡的店，那是連鎖店。然後你就會發現熟悉的街上到處都是那家店，這是你之前從未注意到的。換句話說，從『得知』變成『知道』的狀況就會發生。」

我還搞不清楚這究竟是什麼意思。

從今年春天開始，班上換了一個新的英文老師。

三浦勝正，才剛當上老師三、四年，年齡不到三十歲，可是看起來卻像個有氣無力的中年男子。

他長了一張神經質的蒼白小臉，銀框眼鏡後面的眼睛很大，給人一種好勝的感覺，看起來很聰明，但卻相當陰沉，正經八百的模樣似乎很難相處。

「三浦在學生時代好像參加過學生劇團哦！」

田代不知道從哪裡得來這個消息的。這些女人怎麼都收集這種八卦啊？

「劇團？看不出來耶！那、那種人搞戲劇？是前衛藝術的小劇團嗎？」

「不是，好像是古典戲劇，聽說還當過主角。」

「真是看不出來。」

三浦如果更陽光一點的話，倒還算得上是型男。他的體格和長相都不差，也還很年輕。他上課深入淺出，教學方式也非常俐落，想必他頭腦相當聰明。

可是，太陰沉了。他身上完全沒有在學生劇團飾演過主角的「華麗」和「自信」，現在的三浦感覺只剩下「殘骸」而已。

「他好像在上一所學校出了什麼問題哦！」

田代壓低聲音說。我非常認同。

「原來如此……他也經歷了一番折磨啊！」

正經八百的人不懂得變通，一旦煩惱起來就停不了。

我立刻猜想，也許三浦在上一所學校時因為還是菜鳥，才會太過嚴肅，徒增煩惱。想到這裡，就算他陰沉到令人不爽，我也忍不住同情他了。

只要有不懂的問題，三浦便會細心地指導，不過他的眼神卻和細心的指導相反——恐怖得要命。總覺得他好像在心裡說「連這種問題都不會」似的，那種不說出口的陰沉讓我覺得很火大。

我生怕自己哪天失手揍他一頓，所以會盡量避開他。但是對我來說，他只是單純的任課老師，不是導師，除了課堂上之外完全沒有交集，所以倒覺得無妨。

梅雨季節過了一半，外頭還是持續著惱人的壞天氣。

雨下個沒完，天氣悶熱得不得了，校園內也跟著沉沉地暗了下來。

就在這個時候——

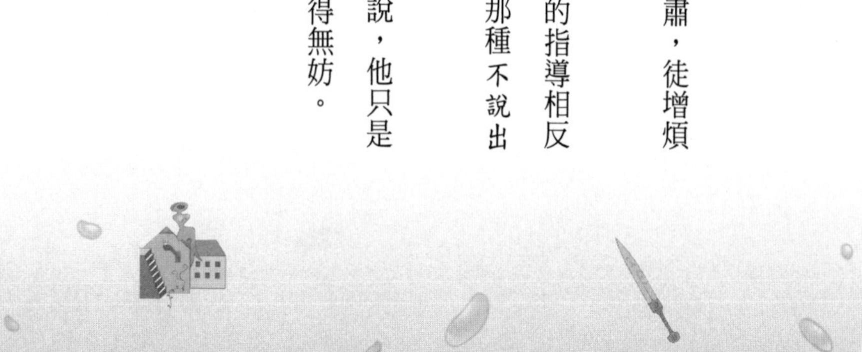

条東商校忽然傳出了鬼故事。

「有嗎？什麼東西啊？」

「妖怪……吧！聽說有人聽到奇怪的聲音。」

「是哦！」

對於田代的話，我哼笑了一聲。又不是國小，高中裡面也不可能有「廁所裡的花子」，現在連國中都沒人在說這種怪談了。

「但是聽說從以前開始，那裡就很怪了～」

田代口中的「那裡」，就是體育館兼禮堂的舞台上方那間小倉庫，裡面放了更換窗簾的工具等小東西。

一般人不會進出那個地方，不過因為那是戲劇社的人放小道具的地方，所以社員們經常會去。據說從很早以前開始，社員們之間就有這樣的「傳聞」。

「如果在那裡找個東西、待久一點的話，就會明顯地感受到有人在看自己。那裡本來就異常狹窄，是個塵封的幽暗地帶，所以大家都說那個房間很恐怖。」

田代擺出一副高人一等的萬事通表情說。

「這種東西都是因為當事人自己想太多了。現在正好就是那種年紀，而且戲劇社的人本來就喜歡被人看吧！」

「啊！你怎麼這樣講？稻葉，你會受到教訓的。」

對了，升上二年級之後，我不但和田代同班，還坐在她隔壁。

在一年級暑假之前，田代被捲入嚴重的車禍而受傷的時候，偶然的命運讓我接收了她的傷，結果她只受了重傷，沒有生命危險。

那時候發生的現象稱為「同步感應」，讓我和田代的精神以及靈力聯結在一起。雖然田代不清楚，但她似乎稍微有感覺到當時和我合一的狀況，當她痊癒回到學校之後，便突然和我熟了起來。哦～這其實不太重要。

對於除了長谷之外很難和其他人混熟的我來說，這或許是「天上掉下來的禮

物」也說不定。

不太擅長和女生來往的我也因為秋音的關係，漸漸能夠與和秋音同類型的女生開心聊天了。也就是說，田代和秋音確實是同類，總是開朗地說話、大剌剌地笑，是那種不拘小節的豪爽女生，讓我可以展現自我、放心地聊，不以為苦。

可是——

就算坐在隔壁，連中午吃飯時間都像這樣跑來跟我一起吃飯，實在是有點那個哦！田代。

而且還加入了兩個田代的朋友——由於大家面對面坐著，所以坐在最後一排的我便處於被三個女生包圍的狀態。女生就去跟女生坐成一堆就好啦！幹嘛要包圍我啊？

不過，如果要我刻意跑去跟別的男生吃飯，我也覺得很詭異。最重要的是，条東商校稀少的男生過半數都在大廳（學生食堂）吃飯。在教室裡吃便當、麵包的全是女生，午餐時間的大廳裡則是擠滿了男生。男生們覺得這樣比較好，便全跑去大廳了。

在大廳吃便當……這實在太奇怪了。所以我現在是唯一一個在班上吃便當的男生。

「每次看到稻葉的便當，我都覺得好好吃哦！」

「而且又整齊又可愛～」

「簡直就像是直接把雜誌上的照片剪下來一樣～」

當琉璃子做的超美味、美麗、完美無缺的便當被稱讚時，我總像是自己被讚美似的高興又自豪。可是，每天打開便當盒的時候，以田代為首的女生們就一直叫個沒完，同時也有幾個男生冷冷地看著我。超困擾的。

簡直就像是我在討她們歡心一樣，根本就不是這樣，不要誤會好不好？

呃，我說到哪裡了？

對了對了，剛才是在說「廁所裡的花子」吧！

「聽說從今年年初開始，那個房間又變得讓人更毛骨悚然了。」

田代總是會在吃午飯的時候，說起各式各樣不知道有沒有根據的傳聞。當作背景音樂隨便聽聽是還滿有趣的。

「這個我也聽學姊說過。之前她因社團活動而留到比較晚的時候，就聽到那個房間裡傳出了喃喃自語的聲音。」

田代的朋友櫻庭說。

「應該是真的有人在裡面吧！」

「那個房間不是有一個可以看見整個禮堂的小窗戶嗎？羽球社的人在練習的時候看到有人站在那裡哦！」

另外一個朋友垣內說。

「看吧！我就說有人在裡面。」

「吼～～～稻葉，你很煩耶！」

「因為他沒有夢想啦～」

妖怪故事算什麼夢想啊？我忍不住笑了出來。

就算我現在擁有一本魔法書、就算我可以實際使用魔法，我還是不覺得所有的學校怪談或都市傳說都是真的。知道靈異現象實際存在和相信靈異現象是兩碼子事。

我難道是想靠種種想法來維持自己內在的平衡嗎？

「主人，主人。」

微弱的聲音傳來。我驚訝地低頭，在制服胸前的口袋中看見了富爾的臉。

「剛才是不是……有說話的聲音？」

面對著我的垣內緊張地看著我說。

「沒有……我什麼都沒聽到。」

我用力壓住左胸的口袋。

「什麼東西？稻葉，你藏了什麼？」

「太可疑了！」

這個年紀的女生實在很敏感……應該說是敏感過頭了，才會看到影子就開槍。

「你藏了什麼？給我們看。」

「我聽到奇怪的聲音了，絕對沒錯。」

「喂！妳幹嘛啦！」

「把口袋裡面的東西拿出來。」

「把制服脫掉。」

「我們要檢查你的東西。」

「妳在摸哪裡啊？」

「不准反抗。」

「快給我跳幾下。」

妳們強盜啊！

這個時候——

「吵死了！」

一陣極度歇斯底里的聲音轟隆響起。我們和教室裡的其他女生都靜了下來。

三浦站在教室後門瞪著我們。

真的是瞪。他強烈的目光中充滿的不只是單純的憤怒，簡直就是「憎恨」。

我們沒敢吭聲。雖然鬧得很瘋，但這只不過是午休時間的胡鬧而已，他有必要用那種眼神看我們嗎？

三浦瞪了我們好一會兒之後，丟下一句：

「不准給我愛來愛去！」

隨後便離開了。

所有人都傻了。

「他、他在說什麼啊？噁心死了啦！」

田代嘴上雖然這麼說，但也覺得很害怕。

的確，三浦的感覺真的很詭異。雖說老師規勸吵鬧的學生是理所當然的，但是他的憤怒方式也太怪了吧？

最重要的是，我們的行為根本不是他說的那樣。誰在「愛來愛去」啊？少亂說了！在大白天、滿是學生的教室裡，誰會愛來愛去啊？

「愛來愛去是什麼意思？」

櫻庭的臉上出現一個問號。

「呃……嗯。」

田代在支支吾吾的我身旁豪爽地說：

「就是做愛吧！」

櫻庭跳了起來，大叫：

「討厭，真是有夠低級——噁！」

她叫得相當開心，還拍了旁邊的垣內的背。垣內露出苦笑。

「對吧？稻葉。」

「嗯，是這樣沒錯……應該是更……沒水準的意思吧！因為是在形容男女之間，呃……感覺……還有很激烈的動作……」

女生從字面上做了聯想。仔細回想，「愛來愛去」這個用詞也太猛了吧！

「呀～～～什麼嘛！真是的，這是什麼字眼啊？哈哈哈哈！」

櫻庭爆笑出聲，而且她這次往我身上用力拍了拍。

「氣死人了，說那什麼話？這根本就是性騷擾。」

垣內很生氣。

「我們剛剛看起來那麼低級嗎？不會吧！」

田代不改輕鬆的態度。於是我接著說：

「可是，剛才的三浦很奇怪耶！妳們不覺得那不是一個老師看學生的眼神嗎？」

「我是覺得他瞪得很兇啦……」

第五堂課是自習課，所以我來到頂樓的水塔上面。就算是午休時間，也不會有人到這裡來，是我獨佔的秘密場所。

「我不是說不准突然跑出來嗎？富爾。」

富爾在「小希」上面誇張地低下頭說：

「非常抱歉，主人。」

他的態度和話語中完全沒有反省的感覺，真是的。

「我對淑女們的話題非常感興趣，所以忍不住現身了。」

「還淑女咧！你是說那個鬧鬼房間的事嗎？」

「是的，那是很有深度的話題呢！」

「身為怪物，你也會對其他的怪物有興趣啊？」

「……呃，說實話，就如同你所言。」

富爾聳聳肩說。

「那裡什麼東西都沒有啦！只是女生想太多而已。我入學之前就從來沒聽過這些事，也沒聽說有人自殺或是發生意外。妖怪怎麼可能突然跑出來嘛！」

「所以更應該去親眼證實一下。」

富爾像是惡作劇一般眨了眨眼。我總覺得自己好像被利用了。

「我們來占卜一下，看看那裡是不是真的什麼都沒有吧。」

「占卜？」

我翻開了「小希」的「命運之輪」那一頁。

「命運之輪！諾倫❹！」

「諾倫！斯寇蒂、丹蒂、兀爾德三位命運女神！」

一陣青白色的雷電閃過之後，一個大大的黑甕和三位女神出現了。

「您叫我們嗎？主人。」

「……！」

一般聽到女神，應該都會想到穿著白袍或是戴著頭紗、彷彿希臘雕像一般的美

❹諾倫（Norn），在北歐神話中登場的命運女神總稱，由斯寇蒂（Skuld）、丹蒂（Verdandi）、兀爾德（Urd）三位女神組成。

女吧（連這種想法都過時了嗎）？可是我卻看到在現代甦醒的女神們站在我眼前。

「這、這副白痴女高中生的模樣是怎麼回事？」

「什麼？」

其中一位女神誇張地在一頭栗子色的大波浪頭髮上別了大花髮飾。另外一位女神則是留著一頭金色長直髮，上面別了一大堆髮夾，兩位女神都化了跟歌舞伎演員一樣的大濃妝，塗上厚厚的口紅，十根手指頭的指甲上黏著的花樣完全不同、彷彿巫婆一般的指甲片，廉價的首飾叮噹作響，還穿著超短迷你裙。

而最後一位女神……竟然是……黑臉?!她的臉烏漆抹黑的，只有嘴唇塗成白色。這不是從前某些白痴超愛的烤肉妝嗎？

栗子色大波浪女神驚訝地說：

「有……有什麼好奇怪的嗎？我是想融入現代嘛！」

「妳說的什麼現代的資訊是從哪裡得到的，斯寇蒂？」

富爾厭煩地問。

「凱特西告訴我的……」

「什麼？那隻吹牛貓啊！妳真是白痴。」

金髮女神突然生氣了。

「那傢伙是最厲害的萬事通耶！」

「哪門子萬事通啊？害我打扮成這副白痴模樣。」

「妳自己不也說想打扮成現代風格嗎？」

「吵死了，老太婆。」

「我只是順水推舟當妳的姊姊而已，我們明明就同年，妳這個賤女人。」

在爭吵的兩位女神旁邊的那位黑臉女神開始抽泣。

「人家早就說不要了嘛～～我討厭這張臉，凱特西那隻笨貓。我也討厭姊姊們～～～」

「……這些傢伙在搞什麼？」

「這三姊妹就是感情不好，明明是三胞胎，要是能夠感情和睦就好了，唉！」

只要三個女的聚在一起就會把屋頂掀了，不管是女神還是女人都一樣。

三胞胎女神中，栗子色大波浪是斯寇蒂，金色長直髮是丹蒂，黑臉是兀爾德。

「讓您見笑了，主人，非常抱歉。」

三個人跪在地上，深深地低下頭。

「兀爾德沒有錯。」

「閉嘴，腦殘女。」

「妳叫我腦殘女？嗚哇！」

「妳們兩個夠了沒？快點幫主人占卜。」

「吵死了，少命令我。」

三個人一邊互相抱怨，一邊把雙手放在黑甕的邊緣開始進行法術。甕中裝著類似水的液體開始旋轉起來。

「諾倫是結合三個人的力量進行法術。有占卜、透視、模擬巫術等等。」

「結合三個人的力量……有辦法結合嗎？」

「不知道，看來相當困難。」

富爾若無其事地笑著說。

「我就知道。」

「小希」裡面的傢伙真是沒一個有用。

「兀爾德，不要哭哭啼啼的，這樣我怎麼集中精神啊？」

「可是～嗚……嗚……」

「啊！只差一點了說，妳們給我安靜一點。」

三胞胎女神一邊尖聲喊來喊去，一邊頻頻看著甕內。然後斯寇蒂終於說：

「我感覺到某種黏稠的東西，主人。」

「……黏稠的東西是指什麼？」

女神們全都笑著搖搖頭。竟然不知道？

「夠了，妳們可以回去了。」

我用力闔上「小希」。早知道就睡個午覺還比較好。

好了，接下來的第六堂課是三浦的英文課，不知道他會帶著什麼表情來上課。

「主人，看來真的會有事情發生。我們還是去看看吧！去看看吧！」

富爾一邊在肩膀上拉著我的耳垂，一邊異常興奮地說。

「好啦！我知道了。等社團活動結束之後再去吧！」

我和田代都有點進入了備戰狀態，不過三浦卻和平常沒什麼不同，跟午休時間那個帶著不尋常目光的老師簡直判若兩人……還是說，露出那種眼神的三浦其實根本就是「另外一個人」？

三浦像往常一樣流暢地講課，表情和態度都很普通。我總覺得自己好像被狐狸給騙了。

對我來說，三浦的事比那個不知是真是假的小房間令人匪夷所思多了。

「真是搞不懂。三浦的感覺好可怕哦！」

我和田代邊聊邊朝著社辦走去。

「會不會是因為壓力太大？搞不好是那個吧，叫做ＰＴＳＤ來著的。」

「那是什麼東西？」

「創傷後壓力症候群……咦？還是外傷後心靈壓力症候群？反正就是在經歷很大的壓力之後引發的後遺症。」

「啊！我在車禍之後就很怕機車。是這個意思吧？」

「應該是。」

「讓他留下這種後遺症的，就是他在上一所學校碰到的事情嗎？」

「這只是我的推測而已。」

「哦……那我來打聽一下那方面的狀況吧！」

「……」

我是知道長谷在各處都擁有人脈和情報網（他都是有目的的），不過，為什麼區區一個女高中生田代光是為了流言，就能掌握讓長谷也臉色發青的情報網啊？

英語會話社活動結束之後，我受不了富爾一直在我耳邊碎唸，於是就到那個小房間去瞧瞧。

羽球社的人還在禮堂裡面練習。從他們旁邊穿過以後，我從舞台旁的樓梯爬上二樓。說是二樓，其實上面也就只有那個小房間，所以應該算是「閣樓」吧！

戲劇社的社辦在舞台後方，社團活動似乎還沒結束，可以聽到女生排戲的聲音（在男生人數很少的条東商校裡，戲劇社社員只有女生）。

我爬上通往小房間的狹窄樓梯。

這座禮堂的歷史相當悠久，舞台後方的牆壁上爬滿了因為漏雨而形成的各種圖案，樓梯發出惱人的唧唧聲，後面的通道則沒有照明，烏漆抹黑的。原來如此，這也夠陰森了，女生會覺得恐怖也無可厚非。

唧，木造樓梯呻吟著。

就在我忽然覺得很不舒服，以及胸口的富爾喊了一聲：「主人……」的同時，我的背後猛然被某個東西撞了一下，害我差點叫出聲。

「……！」

回頭一看，出現在我眼前的竟然是田代她們「吵鬧三人組」。

「妳們……在這裡幹嘛？」

「你才是。在這裡做什麼呀？稻葉～」

三個人賊賊地笑了。

「我們看到你要來這裡之後，就跟蹤你過來了。看來說了那麼多，你還是很在意那個鬼故事嘛！」

我說田代啊！妳是在抓賊嗎？

「不是啦！我只是……」

我總不能說是因為富爾一直囉囉嗦嗦才過來的吧……我拍拍左胸，示意富爾乖乖待著。

「突然有點興趣，想來看看這裡到底是什麼情形。」

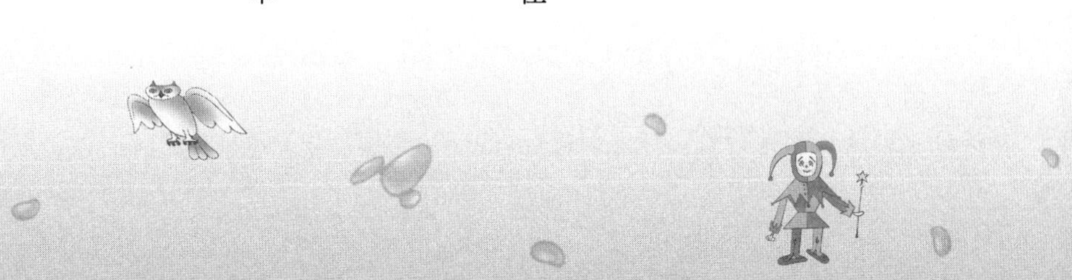

「等一下。」

垣內做了一個叫大家安靜的手勢。

「你們有沒有聽到什麼聲音？」

所有人都豎起耳朵。

傳來一陣非常細微的呢喃聲，是人類的聲音。

「噫……」

櫻庭差點尖叫出聲，田代趕緊摀住了她的嘴巴。

彷彿唸誦咒文一般的呢喃聲從我們上方的那個小房間傳來。

「果然有鬼……」

「我就說是有人好嗎？」

我這麼說完之後，隨即朝著小房間走去，每踩一步，樓梯就唧一聲。

然後，就在我正打算握住小房間門把那一剎那，門突然「砰」的打開了。三個女生全都嚇得跳了起來。

站在眼前的人是三浦。

「三浦……老師？」

三浦瞪著我看。又是那個眼神，那絕對不是正常人該有的眼神。接著他瞥了女生們一眼，並且在迅速走下樓梯的同時又丟下一句話。

「放學後跑來這裡做什麼？真是一群色小鬼。」

「！」

一把無名火冒了上來。只要看到男生跟女生，你就只會想到「那個」？我看你才是慾求不滿的色小鬼吧！

「把我們當成什麼了？這個性騷擾混蛋。」

垣內的臉上暴出青筋。

「沒錯沒錯，你給我看仔細。對方有三個人，我是能做什麼啊？」

「你這句話也是性騷擾哦！稻葉。」

「啊！討厭，好恐怖哦！嚇死人了~~哈哈哈！」

看到擦著冷汗的櫻庭，我忍不住笑了。

「妳們看，我就說真的是有人在吧！這就叫做『杯弓蛇影』。」

「杯什麼？」

「但是好奇怪哦！三浦在這裡做什麼？」

我無法回答田代的問題。

不過，這個答案很快就揭曉了。

「啊！會不會是因為三浦老師是戲劇社的指導老師？」

回答我們這個問題的是班上的戲劇社社員。

隔天午休時間，大家正在進行「琉璃子便當鑑賞會」（這種時候，還會出現拿著手機拍照的傢伙）時，又討論到這件事。

「原來三浦是戲劇社的老師啊？」

「只不過是副指導老師。」

「對嘛！戲劇社的顧問應該是布袋老師才對。」

「因為三浦老師曾經在學生時代演過戲。」

「對啊！這個消息是妳傳出來的，田代。」

「話是這麼說沒錯。」

「這個鮭魚卷超好吃的，稻～葉。」

「啊！不准吃啦！可惡。」

如果三浦是戲劇社的顧問，在那個地方無所事事也就情有可原了。可能是在檢查道具吧！

「看吧！根本不是什麼怪談，田代。事情就只是這樣而已。」

「嗯……」

就在我們七嘴八舌地閒聊的時候，忽然有某個東西從我旁邊的玻璃窗飛了進來。

「哇！」

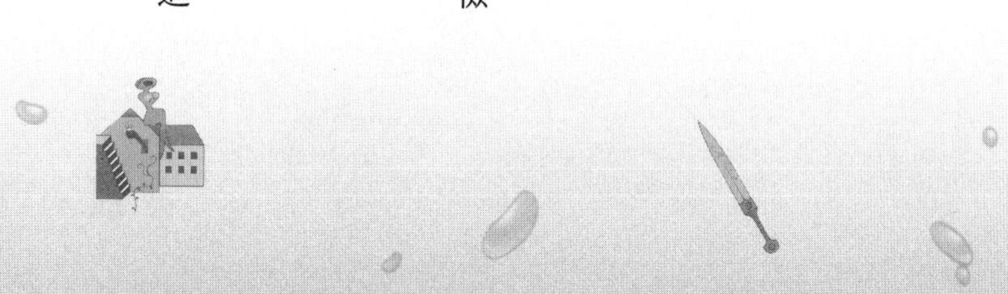

是泥巴球。窗戶黑成一片。

「是誰?!」

田代將身子探出窗外怒吼。低級的笑聲從某處傳來。

「窗戶關上比較好哦！」

「這是什麼幼稚的行為啊？蠢得要命。」

呃，垣內，其實高中生本來就還很幼稚，還很蠢啦——尤其是男生。像長谷那種見多識廣的傢伙才比較少見……應該說比較奇怪。

當然也有很多強悍的傢伙（長谷就是專門召集這種的），不過大部分的男生在出社會之前，不是滿腦子對女生有遐想，就是有莫名其妙自尊心的蠢小鬼。

第一，想跟女生發生關係（而不是想受女生歡迎）。

第二，想變帥（然後希望能受女生歡迎）。

第三，絕對不能輸給那個傢伙（自作主張設定假想敵）。

他們的腦袋裡有九成五都是這三點。

不過，他們也不會因此而努力。絕大部分的男生都陷入了鬱悶狀態，不是不知道自己該怎麼做，就是根本什麼都不打算做。

為什麼我能這麼條理分明地分析呢？這全是從長谷那裡現學現賣的。

但是，我還滿能理解這種窩囊又詭異的狀態。我想，從國中生到大學生之中，一般人多少都會陷入這種狀況吧？

即使如此，他們每天還是過著沒有夢想、沒有目標的徬徨生活，只會為女生和自己的外貌煩惱。這應該也算不上是一種不幸，但當事人倒是真的很痛苦。

畫家也這麼說過（畢竟他也有過血氣方剛的青春時代），一定要經歷為女人、朋友、學業這種莫名其妙的鳥事（以後才會覺得很鳥）煩惱、哭泣、生氣的時期才行。這段時間的切磋琢磨、人際關係和價值觀的崩毀與再生，對於打造全新的自己來說是絕對必要的。

比方說，那種不太聰明，卻又一心只知道唸書、不願意去經營和朋友的人際關係、對世事不在意也不抗拒、只活在自己的世界裡的傢伙，便會在沒有自我的情

況下長大成人，而最後一事無成的傢伙多得數不清。不管男生或女生都一樣。

這和所謂的「御宅族」不一樣。御宅族一直都會是御宅族，他們的完整狀態就是「御宅族」。

「有些人還不清楚人與人之間的關係，也不懂別人的心情，就已經先放棄去了解這些。這已經不是靠溝通可以解決的程度了，那些傢伙的世界裡只有自己，其他的東西全是裝飾品。不過，他們甚至連這一點都沒發覺。哈！」

畫家冷冷地笑著說。

這種傢伙……總有一天一定會「走投無路」。

我差點就變成那樣了。

要是沒有長谷的話……

還有，要是沒有遇見壽莊的大家的話……

我搞不好就會切斷長谷以外的所有人際關係，在完全不知道小事帶來的煩惱、痛苦和喜悅的情況下，成為對自己的價值觀深信不疑的蠢大人。陷入走投無路的狀態之後，跑去加入奇怪的宗教團體，或是拋下一切踏上旅途，最後一去不回。

還好我沒有走到那步田地，我真的心懷感激。

五花八門的性格和想法圍繞在我的生活中，我的價值觀每天都得以經歷破壞和重生，我覺得是非常幸福的事。

所以，對於那些因為我跟女生「感情好」就不爽的幼稚鬼，我並不會想要狠狠地踹他們一腳。我認為那些情緒也是很重要的。可是……

你們這些傢伙起碼也該知道什麼事該做、什麼事不該做吧？

竟然把琉璃子做的超美味便當搞得面目全非。放心吧！我會把你們打到不成人形。

就這樣，我那天的心情差到極點。

放學後，我走在鷹之台東站前面的站前大道，一旁的小巷子裡傳來一陣下流的口哨聲。

有五個人聚集在小路旁的自動販賣機周圍，其中兩個人我看過，是条東商校二年級的學生（因為男生很少，別班同學的長相我也認得）。

「一個人回家啊？人氣男。你的女人都到哪去啦？」

那傢伙露出了低級的嘲諷笑聲，不過我可是一看就知道他在流口水羨慕了。

「這傢伙身邊一天到晚都有女人圍著哦！大家都煞到他啦！」

「哇～好羨慕哦！她們是覺得這傢伙哪裡好啊？哈哈。」

「能不能介紹幾個女人給我們？大家一起享受嘛！」

我根本就不是那種令人羨慕的角色，所以我一肚子火冒了上來。我朝那些傢伙所在的小巷子走去。那是有幾家小居酒屋的狹窄通道，除了老遠的地方有幾個人在搬東西之外，沒有別的路人。

我一接近，五個人便站起來圍住我。

「幹嘛？你願意跟我們討論女人的事了嗎？記得讓我們人人有份。」

「……我認識的都是你們配不上的女人。」

砰！我的背後被人推了一下。

「少得意了。你這礙眼的傢伙，不過是跟女人多說了幾句話就囂張成這樣。」

「不甘心的話，就去想辦法讓女人跟你們說話啊！」

我對著身後的傢伙這麼說完之後，對方便突然揮拳揍過來，我躲過了他的攻擊，乘機站五個人前面。

「嚇嚇他們吧！富爾！」

當我這麼一喊，富爾便平空出現在我的肩膀上。五個人全都露出了「啊？」的表情，害我差點笑出來。

「對付這種下賤的對手使用希洛佐異魂太糟蹋了，主人。」

富爾鼓著腮幫子說。

「你還真自戀，富爾。這也只是《小希洛佐異魂》而已吧！」

我笑了出來。那些傢伙的臉上更是寫滿了問號。

「沒辦法。只是嚇嚇他們而已哦！」

我打開了「小希」的「審判」頁，然後對那些一動也不動的傢伙高聲吼叫：

「審判！布隆迪斯！」

「布隆迪斯！在最後的審判喚醒死者的神鳴！」

咚哐——！

頭頂上響起了巨大無比的轟隆聲。

「哇啊啊啊啊——！」

能喚醒死者的天神喇叭發出衝擊波將五個人震飛，附近的玻璃窗也全都破了。

周圍恢復平靜的一瞬間之後，立刻起了大騷動。

「剛才是什麼聲音?!」

「是不是什麼東西爆炸了？」

路人吵吵嚷嚷地四處逃竄。

「啊！」

從衝擊餘波中跌在地上的我，連忙趁亂快步離開現場。

聽完這件事情之後，詩人哈哈大笑。

「小希真是太有趣了。」

「我真的沒想到竟然會發出那麼大的聲音，簡直就跟戰車的砲擊一樣。」

「喲！說得好像你很有經驗。」

「我跟長谷一起去看過自衛隊的演習，我們站在第一排觀看戰車隊的砲擊。第一次受到衝擊波襲擊時，我還起了雞皮疙瘩。」

「富士演習啊～那個很好玩哦！還有賣自衛隊仙貝，真是棒呆了。我最喜歡那種感覺了。」

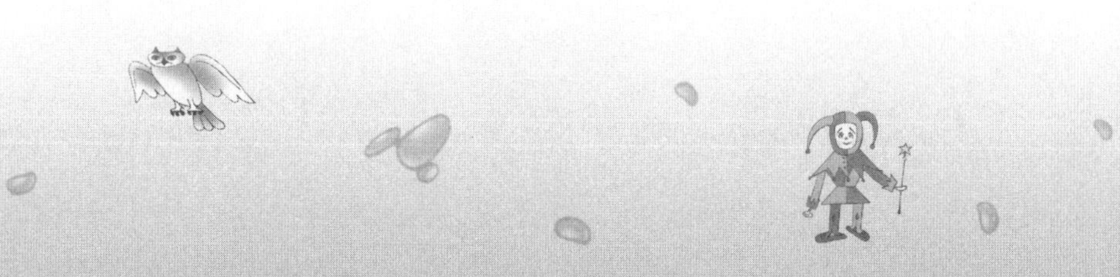

我和詩人吃著涮豬肉烏龍涼麵，度過了兩個獨處的夜晚。

在悶熱潮濕的梅雨季節，晚餐的第一道烏龍涼麵實在是美味極了。

不用研磨，而是敲打成泥的山藥，黏滑的口感令人無法抗拒。將涼拌秋葵、滑菇、海帶芽和涮豬肉倒在讚岐烏龍麵上，再淋上梅味的沾醬，撒上白髮蔥和柴魚裝飾，真是精力滿點的營養晚餐。

詩人把醋味噌涼拌蓴菜當成下酒菜，配著涼酒品嘗。

在天色暗下來後仍不停歇的雨中，藍色和黃色的光芒緩緩地在黑暗的庭院裡飛舞著。其間似乎還出現了某個不知道是什麼的東西反射了廚房的燈光，時而發出銀色的光芒，讓人感覺十分涼爽。我一邊看著這幅景色，一邊吃著蒜炒蔬菜槍烏賊，隨著白飯一口口扒進嘴裡，梅雨季節的悶熱也一掃而空。

「梅雨也有梅雨的風情呢！」

詩人一口飲盡涼酒之後，嘆了一口氣說：

「同感。」

點心是梅子寒天——這道也是讓人看了就覺得好涼快。

「不過，富爾竟然會討厭對不良學生使用魔法，真是有趣。」

「他也有他的尊嚴要維護。」

「真是可愛。」

詩人溫柔地笑了。

「因為主人是我，所以最多也只能用在那種傢伙身上。我又不可能像龍先生或是舊書商一樣。」

「『深堀足下，必有泉湧。』——高山樗牛❺。」

「……哦。」

「呵呵呵！」

詩人沒有再繼續說下去，只是帶著笑臉品嘗梅子寒天。

❺高山樗牛（一八七一—一九〇二）是明治時期的評論家，「樗」音ㄕㄨ。這句話的意思是只要以自己目前所擁有的多做努力，總有一天會有收穫。

秘密小房間

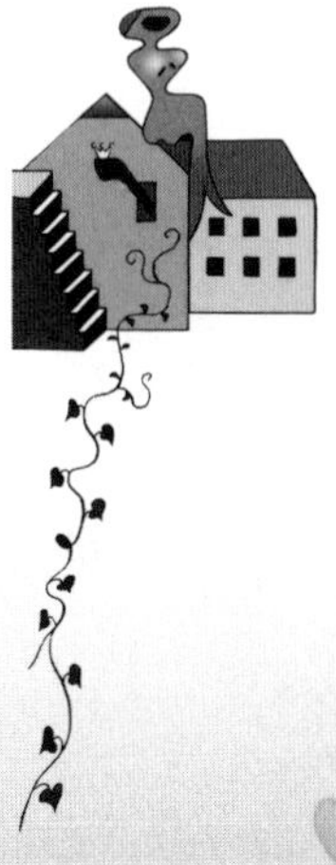

夜裡還是持續在下雨，隔天天亮時，天氣也是一樣陰沉沉的。即使是白天，學校也很陰暗，空氣黏答答的，田代她們一直抱怨著頭髮綁不好、內衣褲黏在皮膚上很不舒服（不要在男生面前說這種事）之類的。

放學後，走廊和教室又更陰暗了，無法使用操場的社員們全都早早回家，校園裡靜悄悄的。即使如此，禮堂裡還是有羽球社員在練習，裡面的濕度也越來越高了。

我走過他們旁邊，一邊注意著後面有沒有人跟蹤，一邊朝著那個小房間前進。我躡手躡腳地爬上吱嘎作響的樓梯，站在小房間前面。

周遭就像是黑白片一樣沉浸在黑暗之中，彷彿一場惡夢似的。不過我今天什麼聲音也沒聽到，房間裡面好像沒有人。

「你為什麼又來這裡呢？主人。」

富爾從我胸前的口袋裡探出頭來。

「諾倫她們說過『感覺到黏稠的東西』吧？」

「是的。」

「我在想那是什麼。」

富爾拍了一下小小的手，說：

「這才是我們的好主人。讓我們一起努力，漂亮地解決這個不可思議的事件吧！」

「……我說你啊！富爾，該不會指望我變成小說、漫畫裡的英雄吧？」

「……」

「你這個傻瓜，起碼也要秤秤自己有幾兩重嘛！我根本沒那個打算，而且最重要的是，我也沒有那種能力。」

我笑著打開小房間的門。

「這也很難說啊！主人。世界是充滿無限可能的，夢想和冒險或許一直都在等著我們啊！」

「先跟你說，我的第一志願是當縣內公職人員。」

禮堂內的燈光從小窗戶流洩進來，讓房間裡稍微明亮了一些。

鋼架上擺放著雜七雜八的小東西。工具、替換用的窗簾、堆積如山的膠帶、各式各樣的文件，還有……

「哇！嚇死我了。」

假髮、刀子和杯子等戲劇社的小道具。

房間裡就只有這些東西。

只有這些東西，可是……

是什麼呢？我總覺得有點奇怪。

是什麼？

我謹慎地環顧房間內部。確實是個很小的房間。不過，我覺得感覺起來好像更狹窄。

「有點壓迫感吧……富爾，你有沒有什麼感覺？」

「這……」

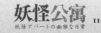

「你這個精靈居然沒有感應力。」

「我並不想去感受那些污穢的波動。人類的波動總是很混濁，我細膩的心只能接受美麗而澄淨的波動。」

「好啦好啦！」

「最重要的是，我根本不需要去捕捉沒有形體的東西。」

「沒有形體……」

富爾的話莫名地讓我有些在意。

戲劇社社員說過，進入房間之後「感覺好像有人在看著自己」。

「的確，這麼說來，倒還真的有這種感覺……」

明明只有自己一個人在，卻感受到還有別人在的狹窄氣息。那並沒有明確的「人」形，好像……

「對了，黏稠的感覺。」

就跟感情超差三女神占卜的一樣。可是這個黏稠感的真面目是什麼？為什麼會

有這種感覺呢？似乎也不像是幽靈作祟。不過，的確有什麼讓戲劇社社員感到不安。

除此之外我完全摸不著頭緒，便離開了禮堂。遠離小房間以後，胸悶的感覺就消失了。當時我的身體感覺到某種莫名的壓力，我確信那個房間裡的某種東西是「不好的東西」。

「哇！」

有個人突然從我身後抱了上來，害我嚇得跳了起來。

「哇啊啊啊！」

「哈哈哈哈！你剛才跳起來了吧！」

「田代！妳要什麼幼稚啊？」

田代稚嫩的臉上露出了更孩子氣的賊笑。

「我看到了哦～稻葉。我看到你從禮堂出來了。你又去那個房間了啊？」

「那、那又怎麼樣？」

「要什麼帥啊！你還是覺得那裡有妖怪吧？看你在意成那樣。」

田代彷彿在捉弄我似的一直跟在我身邊。

「不是啦！離我遠一點，喂！」

這個時候，我們偶然碰上了昨天被天神喇叭吹走的兩個傢伙。兩個人看看我之後，真的是「腳底抹油」溜得飛快。

「咦？」

田代吃了一驚，沒想到他們看到我們黏在一起，卻連個下流的口哨都沒吹。我露出苦笑——看來之前好像做得太過火了。

那天晚上，我打電話告訴長谷那個小房間的事。

「其實放著不管也沒關係，畢竟沒有造成什麼傷害，不過我就是有點掛心。」

結果，電話另一頭傳來了有點不太高興的聲音。

「稻葉，不要給我模仿魔法師哦！你該不會是想要像漫畫、卡通裡面的英雄一

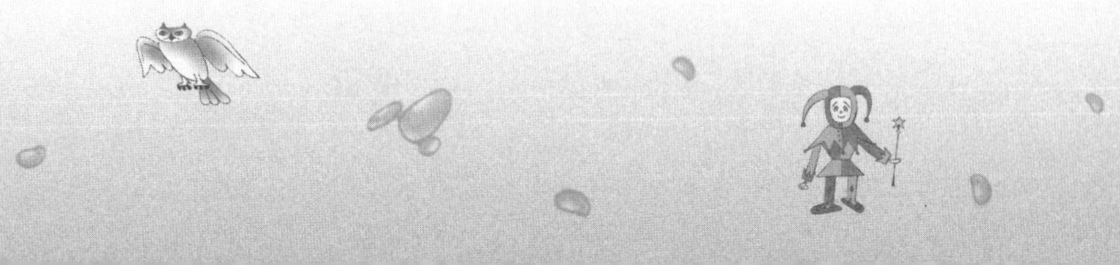

樣解決事件吧？」

長谷說的話和富爾完全相反，讓我忍不住笑了出來：

「拜託，當然不可能，長谷。饒了我好不好？那個房間裡面又沒有幽靈、妖怪，我怎麼可能跟那個東西進行魔法對決啊？」

然而，長谷並沒有笑。

「你知道就好。」

長谷很擔心，因為他沒辦法待在我身邊。

「放心，不會有什麼危險的。」

「……嗯。」

命運總是來得突然，即使是降臨在普通人身上也毫無預兆。

如果是像中彩券那種幸運的事就算了，誰能想像得到一如往常地走在熟悉的路上，會被突然從旁竄出的機車撞到呢？

就算現在的我和這些魔法的事物毫無關聯，這個世界上還是充滿了好運和厄運，不管是我、長谷或任何人，都無法預測。長谷也很清楚。

不過他還是很擔心。他一定是想藉著叮嚀我來讓自己安心，一掃無法待在我身邊的不安吧！就好像秋音的父母擔心著在遠處生活的女兒一樣。

「在掛上電話之前，我的爸媽一定會叮嚀我小心。並不是要我特別注意什麼事情，只是單純要我多保重。所以我也會回答：『嗯，我知道。』就像是暗號一樣。」

秋音笑著說。

短短的一句話就能讓人安心或不安。

「就算只是隻字片語，言語還是很重要的哦！」

這句話從詩人的嘴理說出來很有說服力。

「因為人的言語是有靈魂的。」

秋音說這種話也很有說服力。

那我也要說，每次都要對長谷說：「放心啦！」絕對不能忘記。

隔天。

第四堂課是商業法規，這是只要把黑板上寫的東西一個勁抄下來的廢課，所以我無聊得很（櫻庭則是覺得很有趣）。

我一邊抄筆記，一邊反覆思索著那個小房間的事，突然靈光一閃，知道那個小房間裡怪怪的感覺是什麼了。

「啊……原來是這樣。」

我不假思索地站了起來，椅子也因而倒在地上，發出很大的聲響。教室裡充滿了嘈雜的笑聲，老師則是生氣地瞪著我。

「對、對不起。」

田代對著忙著把椅子扶起來的我吐了吐舌頭，做出「笨～蛋」的表情。如果我抓住她的舌頭用力拉出來，大概又會被說是性騷擾吧！

總之，我為了盡早確認自己的想法，便在第四堂課結束的時候衝出教室。

然而，來到小房間前面的時候，我還是猶豫了一下。

諾倫她們口中那個「黏稠的東西」，讓戲劇社社員害怕，也給我一種胸悶的壓迫感。

我會不會看到什麼討厭的東西呢？有必要特地跑來看嗎？

富爾大概察覺到了我的心情，在我的胸口平靜地說：

「你要怎麼做呢？主人。」

這句話讓我稍微擺脫了緊張的心情，我回答他：

「嗯……這就是騎虎難下吧！如果就這麼放著不管的話，我一定會覺得更不舒服。」

放心，長谷，一定沒什麼大不了的。

而且我有「小希」——雖然沒什麼用，就算能派上用場，幫助也是微乎其微，

不過這樣我就不是一個人了。我現在的狀況確實有點尷尬，但是身邊也有最適合這

種狀況的拍檔。

我下定決心，伸手握住門把。就在這個時候……

「哇啊啊！」

大得誇張的聲音嚇得我跳了起來。

「哇啊啊！」

「哈哈哈哈！」

一個白痴在樓梯下發出了白痴的笑聲。

「怎麼又是妳啊？田代。」

「你不吃便當跑到這裡來做什麼？稻葉。」

田代睜著圓滾滾的眼睛看著我。

「沒有，沒什麼……」

「發生什麼事了吧？你第四堂課的時候很奇怪哦～」

田代這麼說完，便打開了小房間的門走進去。真是個對奇怪的事物特別敏感的傢伙。

「幹嘛？你找到什麼了嗎？告訴我。」

我莫可奈何地跟著她走進房間。

「我覺得這個房間的某個地方有點怪。」

「是什麼？你的意思是有鬼嗎？」

「不是，妳看那個架子。」

我指著可以看見禮堂的小窗戶右邊的架子。

組合式的架子上完全沒有背板，全都緊緊貼在牆壁上，利用牆壁當成背板，以防東西掉到另一面去。架子上亂七八糟的雜物，就這樣靠著滿是裂痕和水痕的骯髒牆壁……照理說應該是這樣，但有一個架子卻不是如此。

「咦？什麼？」

田代睜大了眼睛。

沒錯，就是這樣。這個房間很暗，裡面又塞滿了雜七雜八的東西，所以大家都

沒注意到那個東西很奇怪。話說回來，那個東西在那裡倒是沒什麼奇特的。

「哦……這個嗎？」

田代分別看著窗戶右邊的架子和其他的架子。

「紙箱……」

我點點頭。

只有這個架子和牆壁之間塞了紙箱，感覺不像是為了把紙箱收起來，而是把紙箱當成背板。只有這個架子是這樣。

讓我覺得毛骨悚然的東西，就是這個吧？

只有這個架子不一樣——這是讓我感受到奇怪壓迫感的原因嗎？不……

「後面……好像藏了什麼東西。」

田代突然說。

「我也覺得。」

我說。田代猛然回過頭來問我：

「要不要看一下？」

我們試著移動那個架子。由於架子下方裝了輪子，所以我們輕而易舉便推開了架子。

移動了架子以後，發現紙箱被人用膠帶黏在牆壁上。我們小心地撕開膠帶。

「噁！這是什麼啊？」

田代發出作嘔的聲音。

被人用紙箱隱藏的東西，是寫在牆壁上的文字和圖畫。

跟架子差不多大小的一整面牆壁上，寫滿了細細小小的文字，全都是詛咒的話：「去死」、「殺了妳」、「發瘋吧」、「痛苦吧」……還有更多過分的咒罵文字。

圖畫則是跟公共廁所牆壁上的塗鴉一般低級，在象徵著女人的記號上面亂塗亂畫。

這些密密麻麻的文字和圖像，有的是用原子筆、麥克筆寫下的，有的還用銳器刻出——全部、全部都是「詛咒女人」的內容。

「好……好噁心。」

不只是田代，連我都覺得反胃。

從這裡可以看見整個禮堂。籃球社和羽球社的社員們在那裡練習。有個人在這裡一邊看著進行社團活動的女生，一邊詛咒女人。這種寫法、這種內容都相當不正常。

諾倫她們占卜到的「黏稠的東西」真面目，一定就是這個沒錯。

富爾說過：人類的波動總是很混濁，我根本不想去感覺。

「真是有夠爛的……」

我小聲說。

「噢～～～好低級哦！一想到這種傢伙現在還在這個校園裡，我就覺得毛毛的。」

「但是妳看這邊。這很舊了吧？」

「嗯？是哦！那就是現在的三年級學生在一年級入學的時候寫的囉？」

「是嗎？三年級的男生當中有這種人嗎？應該是已經畢業的傢伙幹的吧？」

「啊！說得也是。要是這樣就好了……」

真的，要是這樣就好了。

這個小房間的怪談真面目，就是好幾年前（就算是去年也沒關係）在這裡寫下怨言、詛咒女人的瘋狂傢伙，他現在已經畢業了，不在學校裡。只有這個恐怖的「呢喃」變成怪談流傳下來——如果事情這麼單純就好了。

不過，我還是有點介意，總覺得還有什麼東西「殘存在這裡」，那個東西似乎還「活著」。這個時候……

砰！房間門突然被打開了。

「呀——！」

田代嚇得跳起來抱住我，我也因此跌倒在地。

是三浦。

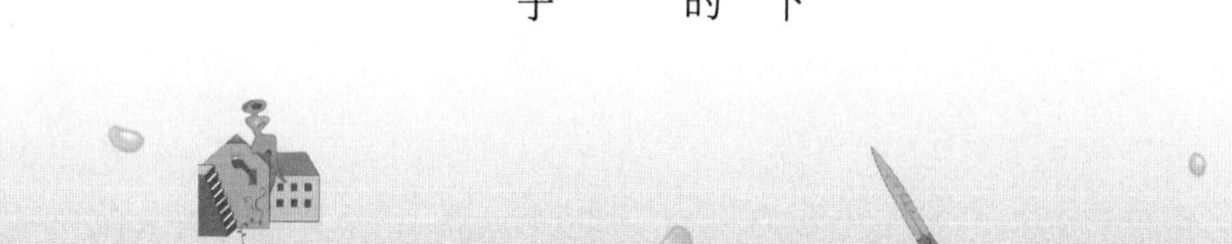

「你們兩個……在做什麼……」

雖然他的聲音聽起來很平靜，不過卻充滿了熊熊怒火，眼神中蘊含著比怒意更深的瘋狂。

田代趴在倒在地上的我身上，這個姿勢真是糟糕透頂。再加上田代的裙子掀了起來，整件內褲全露了出來，看到這個狀況，一般的老師都會傻掉吧！

三浦用閃閃發亮的眼睛看著我們，還看了牆壁上的文字。那一刻，彷彿有一團黑霧包圍了他。

「？」

有東西像影子般從三浦前面橫過，好像一群黑糊糊的蟲子飛過。

「啊，不是啦！老師。我們不是在做什麼奇怪的事……」

田代慌忙解釋著。突然，三浦一把抓住了她的制服胸口。

「咦？」

這個時候，田代正對著三浦的臉，但她不曾看過那樣的表情。

她說他的臉「整個黑掉了」。

三浦舉起田代的身體，我知道他要做什麼了。

「住手……！」

「女人全都去死！」

這麼大喊之後，三浦將田代摔到牆壁上。

就在千鈞一髮之際，我撲到田代和架子之間。

嘎啦嘎啦，嘎達——我們兩個摔在地板上，架子則朝著我們倒了下來。還好有大量的膠帶保護我們免遭鋼架直接壓中。

「田代……妳還好嗎？」

「嗚～～～幹嘛啊？到底怎麼回事？」

等到我們從架子底下爬出來之後，三浦已經不見了。我們嚇得說不出話來。

「那個人……絕對有問題。三浦太怪了。」

田代一臉蒼白，毫無血色地說。

「就算再怎麼生氣，也不會有老師把學生抓起來摔到牆壁上吧～更何況還是女生。」

「不只是這樣，稻葉，那個傢伙……力氣超大的。看起來明明弱不禁風，竟然能夠把我舉起來……我剛才真的飛起來了哦！真的飛起來了。」

的確，在接住田代時，我強烈地感受到了G（重力）。原來那不是因為體重的關係。

雖說田代是女生，但也已經是高中生的身材了。在這個狹窄的房間裡面不做任何預備動作，抓住她的衣服胸口將她整個人舉起來，然後直接摔向牆壁……普通人做得到嗎？

「難道他不是普通人嗎？不，不會吧……」

不過話說回來，也有的妖怪會像佐藤先生一樣偽裝成普通人在公司上班。

「可是，不是那樣。不是那樣的話……啊～到底是什麼啊？」

田代說她今天很怕再見到三浦（第六堂課是三浦的課），於是便提早回家了。要告訴校方嗎？誰會相信三浦的瘋狂行為呢？事實上，儘管櫻庭和垣內也覺得三浦很奇怪，但對於三浦把田代扔出去一事，她們還是都抱持著半信半疑的態度。畢竟不管怎麼看，他都像是個溫柔的文科男。

我蹺了第五堂課，跑到水塔上面去。

「哎呀！剛才真是讓我捏了一把冷汗。」

富爾聳聳肩。

「要是在那個時候，你們能突然跑出來保護我就好了。」

我隨口抱怨。結果，富爾含著笑回答我說：

「那就要看主人的心意了哦！」

「……」

糟糕，造成反效果了。

「我不會去做超乎必要的修行的。」

我這麼說完之後，富爾又鼓起了腮幫子。

我翻開「小希」的「命運之輪」那一頁。

「諾倫！」

三個女神和大甕同時出現。這次她們的打扮就真的很有女神的樣子了。不過，我總覺得很像現在流行的ＲＰＧ裡面的角色（這也是吹牛貓教她們的嗎？）。

「您叫我們嗎，主人？」

「再幫我看一次那個小房間。能不能多幫我看看那個黏稠物的真面目？」

女神們沒什麼自信地面面相覷，不過還是對著大甕詠唱起咒文。那個不停旋轉的液體裡，究竟顯現出什麼呢？

接著，三個人都皺起了眉頭，看起來似乎很疑惑。

「怎麼了？」

斯寇蒂困惑地回答：

「已經不在了。」

「什麼東西？」

「那個黏稠的東西已經不在那個房間裡了。」

「不在是什麼意思？」

「好像跑到別的地方去了。」

「嗯，就是這種感覺。」

丹蒂和兀爾德也都不解地說。

覺得不解的人是我好嗎？到底是怎麼一回事啊？可能是小房間之謎唯一線索的「黏稠的東西」居然突然不見了？

我不知該如何是好。雖說騎虎難下，不過要我這個外行人解開神秘現象之謎，還是太勉強了嗎？

「富爾，在那裡的東西不是幽靈或妖怪嗎？」

「不是那種有清楚形象的東西。如果是幽靈或妖怪的話，我一定會知道。」

「如果不是幽靈也不是妖怪……那到底是什麼？」

我翻開了「小希」的「隱者」頁。

「寇庫馬！」

寇庫馬是侍奉智慧女神米娜娃的貓頭鷹一族。不巧的是牠有點……不對，是很嚴重的痴呆。

在青白色的閃電之中，一隻有雙手環抱大小的大貓頭鷹出現了。我在還是一副愛睏模樣的貓頭鷹耳邊大喊：

「爺爺！你知道不是幽靈也不是妖怪、黏黏稠稠的東西是什麼嗎？」

「嗯……」

寇庫馬微微動著嘴巴開始碎碎唸：

「嗯……這個嘛……有很多呢！嗯……嗯……」

「比方說？」

「嗯……比方說通往魔界的洞穴敞開，陰氣漏出來……」

我看著富爾，富爾搖搖頭。

「如果真是如此，現在早就引發大騷動了。人類接觸到魔界的瘴氣不是會當場死亡，就是變成妖怪。」

「哦~的確有這種恐怖電影。」

可是，剛才的三浦……若說他是被惡魔附身，也不是不可能。

「話說回來，通往魔界的洞穴根本不可能那麼容易打開，這兩個世界之間有非常嚴密的隔閡。」

「爺爺，還有什麼其他的東西嗎？」

我更大聲地在昏昏沉沉的老貓頭鷹耳邊喊著。

「嗯……嗯……比方說記憶。」

「記憶？」

「東西的記憶。」

這麼說完之後，寇庫馬忽然睜大了眼睛。

「對了、對了，在過去的某個非常古老的城堡之中，有一個名叫『慘殺之間』的房間。發現妻子通姦的城主就在那個房間裡殘忍地殺死了妻子和姘夫，過了幾十年之後，城主的妻子和姘夫還是會渾身是血地在那個房間裡痛苦掙扎。最後，因為那些太過悽慘的景象，再加上被殘殺的人們強烈的意念，那個房間就燒成了灰燼。」

「……燒成灰燼？」

「哎呀！很難用言語來形容狀況有多悲慘。妻子和男人活生生地被全身……」

「爺爺，還有其他的嗎？」

「哦？」

寇庫馬因為我大喊而睜開了眼睛。

「其他的嗎？其他的……對了，『意念』也會留在現場。」

「意念……」

「強烈的悲傷、怨恨、恐懼等等，這些『凝聚力強的情感』會留在現場。就算

當事人已經忘記了，意念還是會一直留在那裡，脫離當事人而獨立存在。」

這句話讓我靈光一閃。

「本我怪物……是本我怪物！」

科幻電影「禁忌星球」（Forbidden Planet）當中，主角博士的「邪念」有了形體之後演變而成的「本我怪物」。

我確定，在那房間裡的就是「本我怪物」，是怨恨女人那傢伙的「怨念」凝結而成的東西。雖然沒有正式的形體，不過就像黏稠的煙霧一樣……就是這麼一回事。

這就是「小房間怪談」的真面目。不是幽靈也不是妖怪，而是留在那裡的怨念，至今都還在喃喃訴說著對女人的怨恨。

「但……不是消失了嗎？為什麼？跑去哪裡了？不，既然已經不在的話，就應該沒關係了吧……真的沒關係了嗎？」

我抱頭苦思。

「問題是去了哪裡。」

「嗯、嗯……那種東西有時候會需要形體哦！」

富爾和寇庫馬互相點點頭。

「需要形體？什麼意思？」

「意念這種東西如果大量凝結的話就會有存在感，進而想要『自己的身體』。」

「自己的身體？」

「不管是人是物，什麼都行。不是常有靈魂寄宿在人偶上的傳說嗎？就像那樣，沒有形體的東西會想要進入『有形體的東西』裡面。無形之物會想要寄宿在有形、但內在『空虛』的東西裡。」

「你說不管是人是物？沒有形體的東西也能進入人類體內嗎？」

「只要內在空虛的話就可以。」

「內在空虛……」

這個時候，救護車的警笛聲慢慢接近。

「哦？進入這所學校裡了呢！」

富爾站在我的頭上，拉長身子說。

「咦？發生什麼事了？」

我一邊算著第五堂課結束的時間，一邊回到教室裡，結果發現大家全都吵吵鬧鬧的。

「啊！稻葉。」

「你去哪裡了？我們擔心死了。」

櫻庭和垣內走了過來。

「救護車來學校了，對吧？發生什麼事了？」

兩個人像田代一樣睜大眼睛。

「是三浦老師，聽說他突然昏倒了。」

「三浦？」

第五堂是E班的課。據說三浦在走進教室的時候就怪怪的，臉色很差，好像身體不太舒服。

「我的頭有點痛。」

這麼說完之後，他還是開始上課了，不過說話的時候斷斷續續的，在說話突然斷掉的間隔中，他便喃喃說著別的話。學生們全都搞不清楚狀況，最後班長離開座位走向三浦，問：「老師，你還好嗎？」三浦一看到班長就大喊一聲：

「不要靠近我！」

接著，他便抱著頭，痛苦萬分地口吐白沫，倒地不起。

最糟糕的邂逅

「那個班長是女生，對吧？」

詩人一邊喝著茶一邊說。我點點頭。

「那個三浦老師應該是被附身了吧？被那個怨恨女人的意念附身。」

正在看「大法師」錄影帶的佐藤先生說。

「我也這麼覺得。」

一面看著「大法師」，一面嚇得尖叫不已的幽靈麻里子也這麼說。

「果、果然大家都這麼覺得啊！」

我也懷疑是不是所謂的「被附身」。

就算我想確認這一點，專業人士在這個時候卻偏偏不在。龍先生和舊書商不知道又上哪兒去閒晃了，秋音則是參加了什麼來著……住宿研習？就是外宿的遠足啦！所以她也不在。而且不知道為什麼，他們沒有一個人有手機。

「龍先生跟舊書商應該有才對，做生意的時候要用。」

「不過我沒看過他們在私底下使用。」

「唉！我的手機也只有在公司用而已。」

可是話說回來，為什麼沒有一個人知道他們的手機號碼？是因為「他們經常待在沒有訊號的地方，就算打了也沒用」？畢竟他們都是這棟公寓的房客，這麼說來也確實有這種可能性。

唯一能夠用手機聯絡上的人，大概只有畫家，但是詩人大笑著說：

「就算你問深瀨：『你對這件事情有什麼想法？』也於事無補吧！」

說得也對，他大概只會丟一句「誰知道」吧！不過要說沒有手機，我也跟大家一樣就是了。

「我稍微有點了解長谷一直叫我買手機的心情了。要是能聯絡上秋音就好了，我想聽聽專業人士的意見。」

「講得好像你已經可以獨當一面了似的。」

我被麻里子嘲笑了。

「不、不是啦……我只是不知道接下來該怎麼做才好。要是那個不好的意念真的寄宿在三浦身上的話，我也很擔心三浦的安危，而且不知道該不該幫他驅邪，也不曉得怎麼驅邪。」

「沒錯沒錯，真的是一大問題。」

佐藤先生稍微皺起眉頭說。

「就算三浦老師真的被邪念附身，在一般人的眼裡看來，三浦老師只不過是變成『怪人』而已，就像夕士你們當初一樣。即使要驅邪，也要當事人或是親屬答應才行。不過對於不清楚狀況的親屬來說，就算沒辦法解決問題，他們可能還是覺得醫學治療比較好吧！」

非人類佐藤先生的意見更是讓我深深認同。

「說得也是。」

即使秋音或龍先生在這裡，也不可能擅自跑去幫三浦驅邪。

在食人宗教團體和州警的激烈槍戰之中救出受困者而大大活躍的龍先生，卻無法解救區區一名高中老師。

「這就是『現實』，很奇妙吧！」

詩人的話讓所有的人都深有同感。算了，反正現階段也還不知道三浦是不是真的被附身了。

「從前確實有『狐狸附身』的問題哦！只要有誰做了什麼壞事的話，大家就說是狐狸出沒，把那個人打死。明明那個人就不是被什麼東西附身，大家卻還是這麼認為，把那個人終生囚禁起來。只要哪一戶人家出了精神病患，大家就把整個家族看成『有魔物作祟』的一族。」

已經活了很久的佐藤先生說得好像他親眼看過（應該真的是親眼看過吧）。

「結果呢，無論現在還是過去，這種問題多半還是因為對『未知事物』的恐懼、偏見或歧視所造成的。」

「我很傻，因此一定會害怕，難免會心存偏見或是歧視對方。所以啊，學習真的是非常重要的，夕士。要多看、多聽、多讀，擴充自己的世界。」

麻里子用罕見的認真表情對我說。

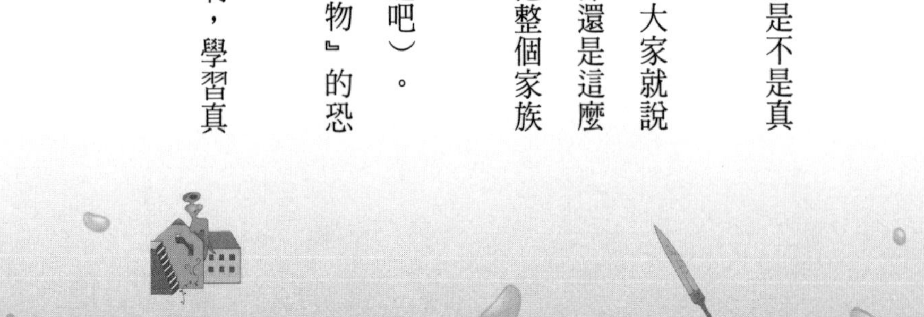

「唉！不過現在啊，要那些過著平凡生活的人們去學習幽靈、妖怪的事，根本不可能。」

詩人若無其事地笑了。

「明明就能拍出這種電影呢！討厭，麗根❻的臉好～～～恐怖哦！」

一邊看著恐怖電影一邊起雞皮疙瘩的幽靈就在眼前，我卻對三浦的事情無能為力，這種感覺真的很奇怪。

「唉……」

我長長嘆了口氣，在起居室躺成大字型。

我真的不曉得該怎麼做才好，也許現階段只能先觀察而已吧！

不知什麼時候來到我身邊的小圓和小白凝視著我的臉。

小圓盯著我的臉看了一會兒之後，就把手上吃到一半的可樂餅塞進我嘴裡。

「唔唔唔唔啊？謝謝……唔唔！」

在感謝了小圓的激勵（？）以後，我更因為可樂餅的美味而整個人彈了起來。

「這個可樂餅好好吃！」

裡面塞了馬鈴薯和少許的牛肉。再簡單不過的料理居然擁有如此深刻的味道！真是細膩有深度的滋味！可樂餅裡面明明塞滿了餡料，口感卻非常鬆，甜得像是要溶化了似的。

「小琉璃的馬鈴薯可樂餅嗎？這是今天下午的點心。」

詩人摸了摸小圓的頭。

「可是到了現在，外皮還是很酥脆欸！」

「冷了也很好吃哦，不愧是琉璃子的巧手魔法。想要吃點消夜的時候，只要把這個可樂餅放到微波爐裡面熱一下，擺在冷飯上，多加一些沾醬，再配著黃色甘醃蘿蔔一起吃，就是一道絕世美味的料理了。」

我吞了吞口水，說：

❻麗根（Regan MacNeil）是恐怖經典名片「大法師」片中，被惡魔附身的十二歲小女孩。

「用微波爐熱過之後再放在冷飯上，是嗎？」

「就是用微波爐熱過之後，放在冷飯上哦！然後配上黃色甘醃蘿蔔，知道嗎？」

吃過琉璃子做的超好吃晚餐之後，我突然想嚐嚐這道彷彿窮學生會吃的可樂餅飯。我忍不住跑進廚房。

「琉璃子，還有可樂餅嗎？有沒有冷飯？黃色甘醃蘿蔔呢？」

「我也要。」

「我也要。」

妖怪和幽靈們爭先恐後地都要吃。這個時候，走廊上的黑色電話響了。

「喂，這裡是妖怪公……不對不對，這裡是壽莊♪等一下。夕士～～～田代打電話來找你。」

「田代……？」

一接起電話，我就聽到了田代的抱怨聲。

「稻葉，至少也去買支手機好不好？跟別人說話害我緊張死了啦！」

「田代，妳怎麼知道這裡的電話？」

「這不重要。我聽說了，三浦被送進醫院了？」

「嗯，好像是。」

「我知道三浦在上一所學校發生什麼事了。」

看來她動用了自己的特別情報網。她到底是如何獲得這些情報的、又知道多少呢？真恐怖。

「很誇張哦！稻葉。我看過照片了。三浦根本就是另外一個人，跟現在完全不一樣。他過去好像是個非常認真的人。」

「問題是他為什麼會變成現在這樣？」

「那是因為三浦待的上一所學校是白峰女高。」

「女高……！」

光是聽到這句話，我就有種「夠了！」的感覺。難道我有性別歧視嗎？

「白峰女高那所學校本身沒什麼問題。學力偏差值很高，運動社團和文藝社團都很厲害，那裡的戲劇社很有名哦！」

「嗯。這樣子三浦也會工作得比較開心吧！」

「可是白峰的學生很強勢。」

田代國中時期的一個朋友現在就在白峰唸書。

白峰女高在附近的國中女生之間是很有名的。能夠考上白峰就表示頭腦一定很聰明，而且那所學校學生的網球和弓道都很強，合唱團和戲劇社也是全國有名的。聽說還有的學生是從那所學校直接進入演藝圈的。白峰女高真不是蓋的。

因此，峰女（白峰的學生）們都有獨特的自尊。

「該怎麼說呢……有點自視過高，感覺有點像『我們可是白峰的學生哦』這樣。」

「就是高高在上的傢伙。」

「沒錯沒錯，就是這樣。總是一副『你們是什麼東西』的樣子。制服也按照校規穿得一絲不苟，好像很討厭違規，也無法容許違規的事情發生似的。」

換句話說，就是她們對於自己是「白峰的學生」這一點有強烈的自覺。

田代的朋友是因為頭腦聰明才考上白峰的，不過現在卻因為無法融入峰女而吃了不少苦。嗯，不過既然是田代的朋友，我也大概猜得出對方是什麼樣子。身陷在那群眼裡只有地位和自尊的女生之中，一定相當辛苦吧！

「剛當上老師沒多久的三浦便到那裡任教。那是前年的事，所以現在在學生們之間，『那起事件』還是眾所周知。」

那起事件——

三浦是個熱心又滿懷使命感的老師。他應該也覺得自己曾經參加過學生劇團的經驗，可以為白峰女高的戲劇社帶來不少幫助吧！

可是，擋在他眼前的卻是人稱「峰女」的高中女生。

「三浦是很那種……就是所謂的熱血老師吧！會說什麼：高中生應該要這樣！理想！夢想！希望！……那種類型。不過我現在是很難想像。」

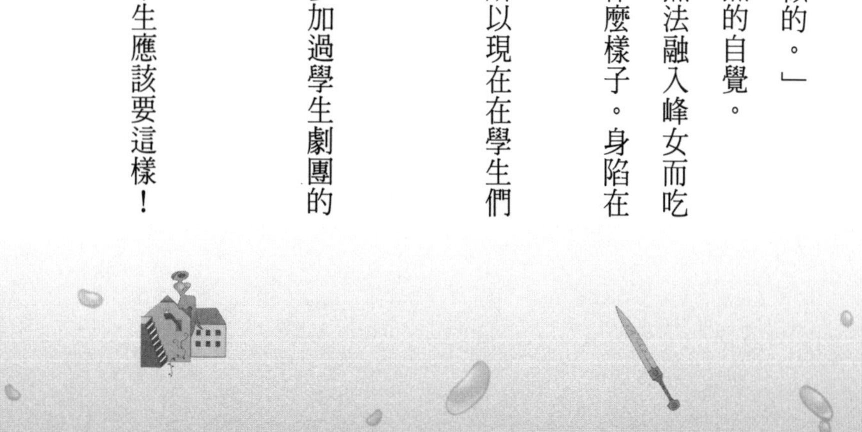

「可是真的有這種傢伙耶！為了當上老師而專心一志、死命唸書的傢伙多得是。三浦原來是這種人。」

該說悲哀、恐怖，還是理所當然呢？三浦的這種尊嚴和自信被峰女徹底地踩碎了。

峰女有峰女的傳統和尊嚴。一個滿口「不是這樣吧？應該是這樣才對！」強迫別人接受自己的理想主義的毛頭小子出現在學校裡，一般高中女生或許不會把這個年紀比自己大的老師看在眼裡，不過自尊心極強的白峰少女們就不是這樣了。

在白峰這個傳統又中規中矩的大花園裡，一個莫名其妙的男人冒失地闖了進去。而且是個還唱著「戲劇」、「青春」的稚嫩高調，披著「年長」和「教師」外衣的小鬼。

峰女完全忘了自己也是重視地位和自尊的小鬼，開始進行對三浦的徹底反抗。她們用盡不回答、不聽命等所有方式來忽視三浦，罷課。如果三浦觸碰到自己的時候，她們就會說「好髒」或是「性騷擾」，引發騷動。

「女生聯合起來真是恐怖。」

「而且還是峰女。」

單純的國、高中女生就已經是很難對付的傢伙了。她們甚至會因為「男生是男生」而群起排斥。我也被堂妹惠理子排擠過。

更別說是深信自己「神聖不可侵犯」的女生了，她們對敵人的責罰就跟天神的懲罰一樣。受到了峰女之間流傳的欺凌之後，三浦馬上就不行了。

「那傢伙……不知道自己為什麼會被學生反抗嗎？」

「聽說他後來就不敢去學校，好像還去看醫生了呢！」

「好不容易重新站起來之後，就來到条東商校了。」

「其實應該還沒恢復吧！所以才會寫下那種『女人全都去死』的字句……」

我突然心裡一沉，有種不祥的預感。

三浦遭受到女人殘酷的對待。他自己或許也有錯，不過總之，他的自信和尊嚴全都被踩在腳下了。來到条東商校的時候，他簡直就是一副空殼。

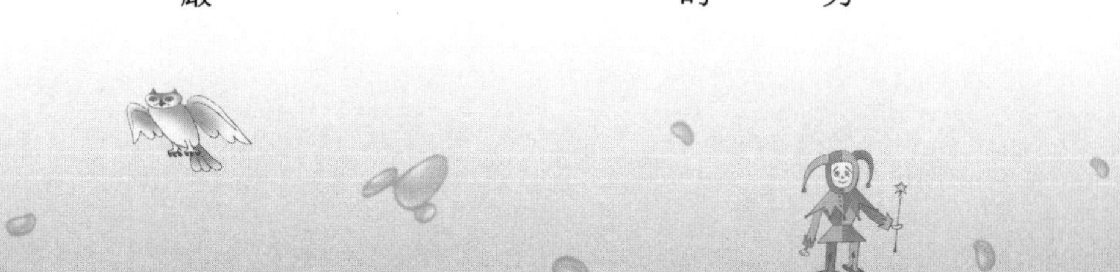

「稻葉？你怎麼了？」

三浦該不會碰到「命中注定的邂逅」了吧？

那個小房間裡積聚著詛咒所有女人的那傢伙的意念。身為戲劇社相關人員的三浦，會走進那個只有戲劇社社員進出的小房間是必然；三浦會因為對女人的憎恨，而和那裡的「本我怪物」互相吸引也是必然。

「稻葉？」

「進而想要『自己的身體』哦！」

「沒有形體的東西會想要進入『有形體的東西』裡面。」

「只要內在空虛的話就可以。」

三浦他……

不光是單純地被附身而已。

「本我怪物……會等待自己可以潛入的身體。」

怨恨女人的意念和因為女人而變成空殼的身體。

命中注定最糟糕的邂逅。

「喂！稻葉。」

「田代，妳現在在什麼地方？」

「啊？上院車站前面的家庭式餐廳。」

「那妳要怎麼回家？有朋友跟妳在一起嗎？」

「我朋友搭電車回去，我要騎腳踏車。」

已經超過十點了。

我無法抑制心中的不安。我也搞不清楚是怎麼回事……對了，就跟去年田代發生車禍時的感覺很像。

「我現在就過去，不要離開那裡哦！田代。」

我叫田代待在原處等我之後，便飛奔出公寓。

潛入空虛

「你幹嘛突然說要送我回家啊？還特地跑到上院來。」

「沒什麼。」

我牽著田代的腳踏車，和她並肩走在入夜的住宅區裡。

「女生不要一個人在半夜到處亂晃。」

「幹嘛現在還說這些老頭子說的話啊？稻葉。」

不能讓田代一個人回家——不知道為什麼，我突然這麼覺得。

「你該不會是喜歡我吧？嘻嘻嘻。」

「我才不喜歡會說這種話的女生。」

如果「怨念」想要擁有身體的話，又是為什麼呢？

會不會是想去什麼地方，或是想做什麼呢？

「稻葉，你有女朋友嗎？是那個跟你一起拍大頭貼的人嗎？」

「妳白痴哦！那是男的啦……喂，妳什麼時候偷看了我的學生手冊？」

「怨念」附身……不，也許已經完全控制三浦的身體了呢？

那個東西現在就能到任何地方去，而且什麼都做得到。

「兩個大男生會一起照大頭貼嗎？而且還貼在學生手冊上。」

「妳們不是也跟女生一起拍大頭貼嗎？」

「這是兩碼子事吧？」

我不知道原因。

不知道原因，但是我總覺得……那個傢伙得到身體之後，一定會先來找田代。

「啊！就是這裡，這棟大樓。」

「哦！好。」

「謝謝你，稻葉，到這裡就可以了。我去停腳踏車。」

「哦！」

田代走進了停車場。

幸好能夠平安到達。

「仔細想想，三浦現在根本就還在住院嘛！畢竟他是今天白天才剛昏倒的。」

如果一切都像這樣，是我多慮就好了。

什麼事情都不會發生就好了。

可是……

停車場傳來了嘎噠一聲。

「田代？」

我走進停車場，卻沒看到她的身影。最裡面的牆壁開了一個大洞。

「後門……！」

原來停車場的出入口有兩個。田代從那裡回家去了嗎？

我慌張地從後門跑了出去，結果在通道的暗處發現了躺在地上的女人雙腳。不知道是不是因為被拖行的關係，女人的裙子翻了起來。我記得那個內褲花紋！

「田代?!」

某個人騎在田代身上。有個在黑暗中閃閃發光的東西，是刀子。

「就是現在！」

某處傳來這樣的聲音。我拿出放在褲子後口袋的「小希」，翻到「審判」頁的動作感覺好慢。

「布隆迪斯！」

咚哐——！

隨之而來的是搖撼了停車場和整棟大樓的超大聲響與衝擊波，還有碎玻璃噴裂的聲音。

男人大概被吹了三公尺遠。手握水果刀的那個傢伙是……

「果然是三浦！」

昏過去的那張臉上顯現出非常疲憊的表情，看起來實在不像是會襲擊女人的傢伙。

我一度相當煩惱，不過還是將三浦手上的水果刀踢進樹叢裡。然後我把三浦抬

到大樓前面的道路旁邊，讓他躺著，這樣應該會有人在發現他之後把他送到醫院去，認為他是因為剛才的大音量而嚇得跌倒在地的路人。我現在……現在還不能把他當作襲擊女人的兇手。

「田代、田代！」

我用力地打了田代幾巴掌，她馬上就睜開了眼睛。

「稻……稻葉！」

田代朝著我飛撲過來，說：

「烏漆抹黑的！烏漆抹黑的臉就在我眼前啦！」

「已經沒事了。他逃走了。」

我摸摸田代的頭。她的後腦勺有點腫，應該是田代發現有人而回頭，看到黑色的男人近在眼前，嚇得撞到腳踏車才往後倒。幸好她沒有失去意識，而且好像也沒發現那個傢伙就是三浦，好險。

「那個人是怎樣？怎樣啊？」

「我怎麼知道啊？先不說這個，好像發生了什麼事呢！」

「咦？什麼事？」

周遭陷入了一陣大騷動。停車場裡的腳踏車和機車全都倒了，到處都有玻璃破碎，居民們全都跑出來查看。

「這、這是怎麼回事？」

「我也不知道。可能是瓦斯爆炸吧！剛才超大聲的。」

「是哦？」

我送田代回到了她位在六樓的家，下樓之後看到居民們正在照顧三浦。我心裡雖然對那些被打擾的居民感到抱歉，不過也鬆了一口氣，同時還有種極大的滿足感，或者應該說是成就感吧！

我幫了田代——而且還是用「小希」，感覺真有點興奮。

「真是了不起，主人。」

富爾更加誇張地對我敬禮。我苦笑說：

「說『就是現在！』的人是你吧？富爾。」

富爾用力地搖搖頭：

「不不不，那是主人的『心的回響』。」

「心的回響？」

「是的，是的。如果主人希望做什麼的時候，我們就會有所回響。」

「我怎麼聽不太懂……」

我感到不解，不過富爾卻滿足地笑了。

「好了，您應該很累了吧？主人。回公寓吧！可樂餅飯在等著你。」

「哦！對、對耶！」

我飛也似的回到公寓。

隔天，田代精神十足地來上學。校方宣佈三浦要請一陣子假。

「聽說三浦昨天好像從醫院逃出來到處亂晃，結果被人發現倒在外面，才又被送回醫院，可是他竟然是在我家的大樓前面被發現的耶！你怎麼想？」

立刻就打探出詳細情報的田代連珠砲似的說。

「那是跟蹤狂啦！小田。三浦老師愛上小~田~了！」

櫻庭大笑。

「噁心死了，如果真的是這樣的話就太惡劣了吧！」

垣內倒是很認真。

「應該是巧合啦！三浦住的那家醫院距離妳家那棟大樓也沒多遠，不是嗎？」

我若無其事地回應。可是，田代卻睜大眼睛瞪著我說：

「你為什麼突然說要送我回家？稻葉，這才讓我覺得不可思議呢！這和在腳踏車停車場襲擊我的人、還有三浦的事之間有什麼關聯嗎？」

「沒、沒關係吧！我就說是巧合了。還不是因為妳怕三浦，我才會擔心妳。我很討厭女孩子一個人在半夜到處閒晃，萬一出事怎麼辦？」

「就算你這麼說……」

「後來果然出事了吧？雖然只是巧合，但要是妳不那麼晚回家的話，就不會被人襲擊了。」

田代的嘴巴像是鴨子一樣翹了起來。

「稻葉好像老頭子。」

櫻庭和垣內也露出苦笑，不過我狠狠地對她們說：

「如果孩子出事的話，做父母的要怎麼辦？妳們要多想想，畢竟妳們身邊還有會替妳們擔心的父母啊！」

三個人全都靜了下來。

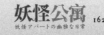

爸爸，媽媽，不好意思，借我用一下吧！不過我是真心希望她們能更珍惜自己、珍惜她們的父母。

如果是偶發的意外的確是莫可奈何，但是有很多意外都是只要平常小心就可以避免的。我希望她們能夠謹慎行事，平安無事地長命百歲。

「聽好了，田代。今天放學之後馬上回家，絕對不可以出門。攻擊妳的傢伙可能還在那裡虎視眈眈，妳可別忘了這一點哦！櫻庭、垣內，妳們也是，短時間之內不要在晚上出來走動，順便去提醒其他的女生。」

吵鬧三人組心不甘情不願地點點頭。

我那天也立刻回到公寓去。

從住宿研修回來的秋音果然已經在等我了。

「我聽一色先生說過情況了。」

秋音的臉變了——變成了「專業人士」。

「我覺得你的推理是正確的。」

「妳是說，本我怪物奪走了三浦的身體嗎？」

秋音點頭。

「夕士說過，三浦老師看起來像是殘骸、空殼。那個東西就是從他心靈的隙縫侵入的。」

「果然是因為內在空虛啊……」

「積聚在那個房間裡的意念應該非常古老了，是因為長時間吸收學生們的不安和恐懼才變大的。」

「三浦會到那個地方去……是巧合嗎？」

「我不知道。是有那種在毫無因緣的情況下，只是碰巧經過那個地方，類似無差別殺人魔的狀況。不過三浦老師對女人的心境並不單純，如果說是巧合的話，我覺得有點牽強。但是感覺又不像是被吸引過去的……我想，這也許是等待著三浦老師的命運吧！」

我聽得似懂非懂。

事情牽扯的範圍太廣了——三浦的性格、他在白峰碰到的事情，以及在条東商校「最糟糕的邂逅」，這些東西全都是原本就應該發生的嗎？在三浦出生的那一瞬間，就已經注定會碰到這些事了嗎？

「要是這樣的話，我們幫助三浦老師……或許也是命中注定。」

秋音的話讓我吃了一驚。

「夕士之所以會感覺到田代被盯上，就跟那個時候的機車車禍一樣。可是，為什麼田代會被盯上呢？」

秋音問我。

「我覺得……會不會是因為田代是個引人注目的傢伙啊——就『女人』來說。」

田代是個可愛的女生（個性就另當別論了）。無論是臉蛋還是身材，應該都算滿有女人味的，這種人跟男生黏在一起就特別顯眼。

田代和男生相處的時候總是大剌剌的，經常和男生們打鬧，我沒有別的意思，不過她的行為確實足以讓旁觀者有「別的意思」。如果看在那種對女性有某種情結的傢伙、或是「怨恨女人」的傢伙眼裡，就更會讓他們覺得她「又在勾引男人了」

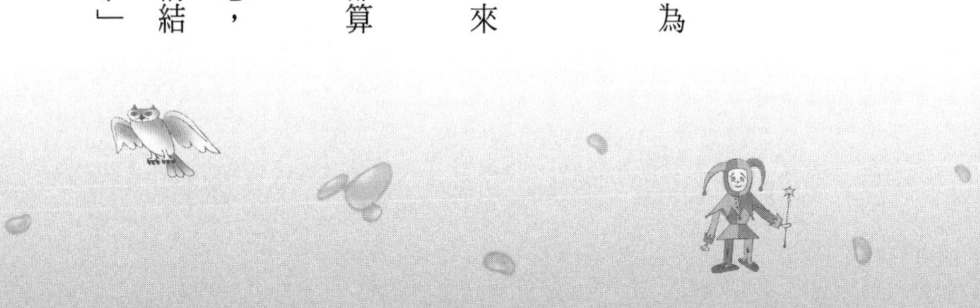

吧？那個傢伙一定會詛咒這種女人（不過那個傢伙大概覺得所有的女人都是這樣吧）。

秋音點點頭說：

「我也這麼覺得。也許是巧合，不過那個東西會不會是看到了田代和夕士打打鬧鬧的場面，才因而加深了這種印象呢？」

我用力點頭。

「就是這樣。秋音，絕對是這樣。」

「欺負三浦老師的峰女也是，雖然裝腔作勢，但應該還是隱瞞不住自己的女性特質。就算她們總是高高在上、瞧不起男生，可是在男生眼裡看來，只會覺得她們脫掉一層外皮也只是母的。三浦老師一定也是這麼想。」

「……」

身為女人的秋音說得這麼寫實，我該做出什麼表情才好呢？

「哎呀！妳還真敢說啊！秋音。」

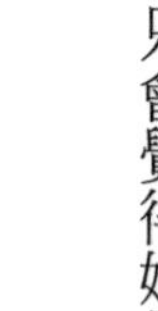

詩人大笑。秋音則聳了聳肩繼續說：

「因為這是事實啊！再怎麼清高的女性也還是擁有雌性的部分。我最討厭那種明知如此還裝模作樣的女生了。」

秋音的話實在很一針見血。無情的批評簡直就跟長谷一模一樣。

「就是這一點把那個傢伙和三浦老師連結在一起的。」

怨恨女性特質的兩個男人。

「所以，我想那個傢伙大概把田代當成第一個犧牲者了。」

「把田代……」

「因為是值得紀念的第一個獵物啊！相反的，在田代還沒被襲擊之前，其他的女生都不會有被盯上的危險——應該是這樣。」

「瘋狂的傢伙都會非常在意樣式、形式之類的東西。」

淨寫一些瘋狂故事的詩人也表示同意。

「三浦會怎麼樣呢？秋音。」

「三浦老師的意識應該會漸漸被侵蝕吧！從外表看來會很像是精神疾病。如果那個傢伙沒有一定程度的強大力量，是無法『安定』下來的，所以三浦老師接下來也會一直是病人哦！」

真是令人毛骨悚然。在精神病患當中，應該有很多這種類型的犧牲者吧！

「在三浦老師變成那樣之前——應該說是在女生們被襲擊之前，一定得想想辦法才行。」

我點點頭，心想一定得做些什麼才行。不能讓田代被襲擊，而且我也想救救三浦。確信三浦「被附身」了之後，就顧不得當事人或是親屬的允諾了，秋音一定可以拯救他。在他被送到某個不知名的地方之前，在我們真正束手無策之前，趁著還有機會的時候，我想盡一分心力。

畫家說過：「救不了的人就是救不了。」

我認為他說得很對。

所有的東西都救不了。

可是，「救」和「不救」的界線又在哪裡呢？

「會不會就是『不要見死不救』呢？」

詩人一邊喝著茶，一邊說。

這句話深深地敲擊我的內心。

「有緣的人會飛越時間、空間出現在我們面前，出現在我們伸手可及的地方，所以，我們只要伸出手就好了。只要對方在伸手可及的地方，我們就能出手拯救。但要是不有所行動，就算對方待在我們身邊，我們也救不了。」

「待在身邊也救不了……」

「這就是緣分。」

詩人輕描淡寫地說：

「不管用再怎麼大的手掌汲水，水還是會從指縫滴落。即使是傳說中手掌有蹼的釋迦牟尼，應該也無法不讓水滴從手中落下吧！我們能做的是去關心手中的水，而不是滴落的水。這並不是代表我們對滴落的水不聞不問，也不是放棄的意思。」

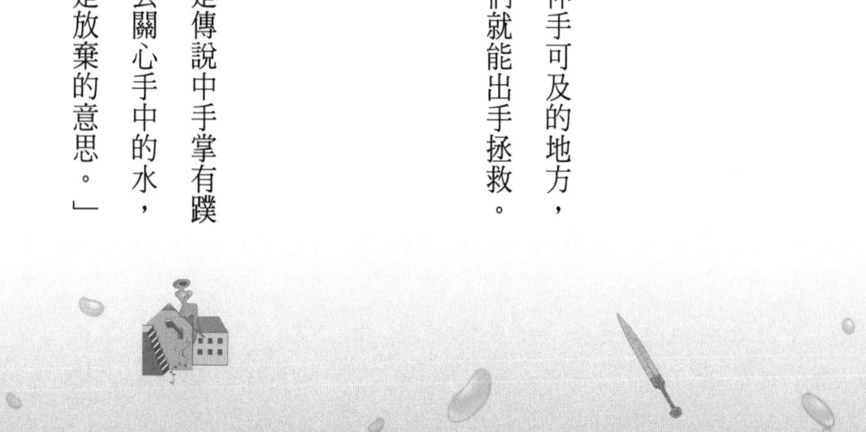

果然不需要好高騖遠。

這些話完全解答了我目前的窘況，在我耳邊餘音繚繞。

像龍先生一樣道行高深的人，還是無法阻止兩百個人集體自殺。

但是，龍先生並沒有因此而責備自己，那是他盡力做到的最好結果。被救出來的人對龍先生來說都是有緣人，兩百個犧牲者則是從龍先生手中滴落的水。

這不是數目的問題。龍先生應該也想拯救所有的人。

也許有時候救得了。

但是，「也有救不了的人」……

這就是現實。

人們得面對、得克服的現實。

我因為命運的引導而來到妖怪公寓，並且遇見了「小希」。所以，我會認識三浦也是命運的安排囉？

如果真的有緣分的話，就盡力做到最好吧！

不過，也得做好可能救不了的心理準備才行。

隔天放學之後，我對田代她們說了：「今天也馬上回家，不要再出門。」便火速離開了學校。

秋音拿著花束站在三浦住的醫院門口等我。

我們默默地互相點了頭。我的心跳得好快。

三浦的病房是四人房，除了他之外，還有另外兩個住院的病人。有一個中年婦人坐在他的床位旁邊，大概是他母親。

接過了秋音手上的花束之後，我一個人走近三浦。

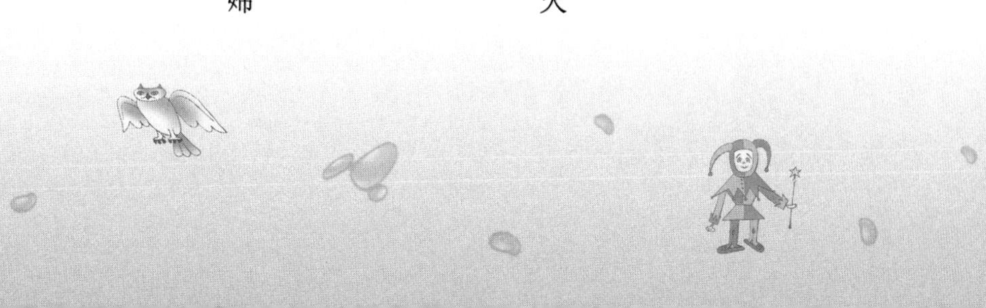

「我代表學生們來探病了，三浦老師。」

「哎呀！真是謝謝你。我很高興哦！」

三浦的母親是個非常認真、嚴謹的女性，一看就知道她以前一定也是老師。

「哦，是稻葉啊！」

緩緩坐起來的三浦感覺上消瘦不少，不過沒什麼異樣。他有點難為情地搔搔頭。

「哈哈，我好像逃出醫院，跑到外面去閒晃了。給大家添麻煩了。」

「你看起來很累，老師。昨天晚上沒有逃出去吧？」

我若無其事地試探。

「他是今天早上才恢復意識的。」

老師的母親立刻接著回答。

「啊！我去把花插起來。」

老師的母親說完便走出了病房。雖然她的臉上帶著微笑，不過內心應該非常擔心、非常不安吧。

「對不起哦！伯母，妳之後可能還會更擔心。」

我在心中向她道歉。

母親離開了之後，田代立刻從房門的陰影處探出頭來。

「稻葉。」

「田代。」

站在一旁的田代對三浦微微點個頭。

「我去頂樓打個電話。」

「外面在下雨耶！」

「可是病房裡不能打手機吧？這裡是七樓，到頂樓比較快。」

田代又點了一下頭，離開了病房。

三浦的臉色變了。

鐵青——應該說是黑成一片，只有眼睛散發出銳利的光芒。他的身體微微顫抖，像是在呢喃著什麼一樣蠕動著嘴唇。

我吞了吞口水。

不久之後，三浦用極度壓抑的聲音說：

「稻葉……你去一樓的商店幫我買菸……買一包七星……錢……那個抽屜裡面……有零錢包……」

「哦！好。」

我拿著零錢包走出了病房，接著躲在柱子後面。

三浦隨即便離開病房，連周圍的狀況都沒有確認，好像被某種東西附身。他彷彿被拉著一樣跑上頂樓，我跟在他身後。

天空下著猶如霧一般的綿綿細雨。

低垂的灰色雲層直逼而來。

讓人窒息的悶熱、甩不掉的濕氣，就像是惡夢中的場景。

頂樓當然沒有別人，只有撐著紅色雨傘的田代佇立在那裡。

三浦瞪著站在通往頂樓出口的田代。他的身體顫抖得越來越激烈，臉上不斷冒出汗水，眼珠子也鬼鬼祟祟地轉動著。

「女人……」

那聲音聽起來很像三浦，但其實並不是。

「女人……」

混雜著憤怒、痛苦和混亂的聲音聽起來轟隆作響。

三浦應該也覺得自己的狀況不尋常，可是在他心中，和那個傢伙相互吸引的痛苦、悲哀和怨恨已經超越了理性。正常的自己逐漸扭曲掙扎、劈哩啪啦地崩毀——

三浦再也無法忍耐這種恐懼，於是把理性驅逐了。

「殺了妳……我要殺了妳！」

三浦朝著田代飛奔而去。

「我要殺死所有的女人！」

三浦抓住田代，把她壓倒在地上，一邊掐著她細細的脖子，一邊將她的頭用力地撞在水泥地板上。

「瞧不起我啊！妳瞧不起我啊！妳以為妳是誰啊？臭豬！母豬！」

如同蒸氣般的黑色物體從那只能用「野獸」來形容的身上竄出。

「女人全都去死──！」

就在三浦用更高的聲音咆哮的瞬間，黑色物體被脖子給掐住的田代張大的嘴巴吸了進去。

「噢……噢、噢、噢……！」

三浦就像是力氣被吸走了似的，等到黑色物體點滴不剩地被吸進田代的嘴裡之後，他便倒在地上。

這一瞬間，田代變成了一張紙片。我全身爬滿了雞皮疙瘩──那張紙片是人的形狀。

「這是……式神之術。」

不知何時來到我身邊的秋音用力踩了踩那張紙。

「唵阿味羅吽佉左洛！」❼

咚！她踩紙的衝擊震動了水泥地。

「嗚啊！」

秋音又不是摔角選手，她的腳絕對不可能這麼有力。這一定是「靈力」的衝擊。

「『踩』這個動作也是一種封魔法術。這麼一來，那個傢伙就無法從這裡出去了。」

秋音捏起人形紙。

「原來如此，原來如此。那傢伙被更大的空虛給吸進去了啊？」

富爾從胸前的口袋裡探出頭來說。

❼這是「文殊菩薩八字大威德秘密心真言」的其中一句經文。

「就是這樣。接下來只要把這個交給藤之老師處理就行了。」

藤之老師是秋音現在修習靈能力的師父，同時也是月野木醫院裡負責替妖怪看診的醫師。這個模仿田代的式神就是藤之老師做的。

「不管怎麼看都像是活生生的田代，真厲害。」

一如往常，道行高深的法術還是讓我冷汗直冒。

「呃……」

「三浦老師。」

我和秋音把三浦扶起來，他看起來更憔悴了。

秋音用平靜的聲音說：

「三浦老師，一切都結束了。我想你應該會覺得有點莫名其妙，不過只要把那些事情完全忘記就好了。希望你能快點好起來，回到工作崗位上。」

秋音的話和以往一樣沉穩而平淡，沒有「知情者的優越感」，也沒有對三浦的憐憫。可是，三浦卻用銳利的眼神瞪著秋音。我從來沒有看過他露出這種表情。

「什麼嘛……什麼叫做完全忘記？別說得那麼簡單。」

三浦用快要哭出來的聲音，如同控訴般喊著：

「妳根本就不知道我有多慘。我……我……又不是為了吃那種苦而努力唸書的。」

被雨淋濕的頭髮貼在臉上，三浦消瘦的臉龐顯得更悽慘了。

「我沒錯。我一直都很優秀，大家都很支持我，可是居然被那些小鬼們踐踏摧殘。」

原來如此——

對三浦來說，那是「第一次的挫折」。

自尊心和自信心越強，感受到的反差就越大。

「為什麼她們可以那樣對我？明明錯的就是她們啊！什麼叫做無法遵從老師的做法？誰會聽妳們的話？少瞧不起人了！」

三浦吼得似乎都要吐出血來了。我覺得他將所有壓抑的東西全都吐出來了——

那些本來不會讓任何人看到的心靈黑暗面。

「你在亂說什麼啊？老師。現在的你簡直就跟無理取鬧的小鬼一樣。」

三浦用驚愕的目光看著我說：

「……你說什麼？稻葉。我怎麼可能像個小孩？我是了不起的大人欸！」

「什麼？」

這次輪到我驚訝了。我接著說：

「你……根本不了解自己嘛！」

我回想起畫家的話。

無法活出自我的傢伙。

這種人認為全世界只有自己一個，其他的東西全都是裝飾品，而且完全沒有自知之明。

「你有好好聽峰女的學生說過話嗎？你有配合過她們的價值觀嗎？」

秋音制止了忍不住發火的我，說：

「好了……回去吧！夕士。」

秋音牽起我的手，快步離開了現場。

三浦淋著雨，呆呆地看著我們離去。在沉重的灰色風景中，彷彿淋濕的悲慘老鼠一般跌坐在地的身影，似乎就是他內心的寫照。

「我做錯了什麼？我不知道！我很拚命，我很拚啊！」

他的叫聲被悶濕的雨水吸了進去，沒有傳達到任何地方。

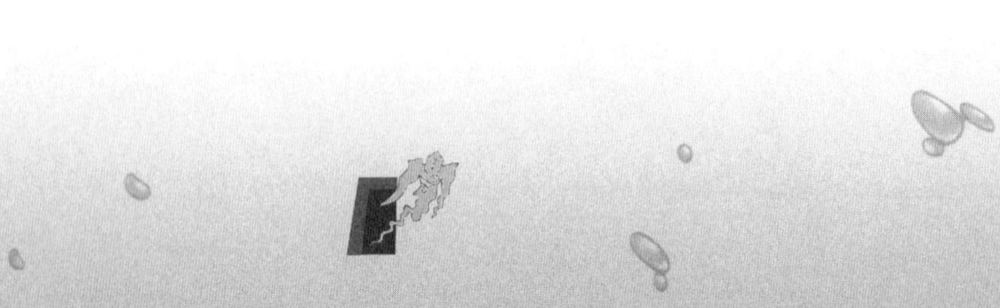

我要朝著
未來前進

事件解決了，我卻還是覺得心情很糟。回到公寓以後，我發現龍先生正在等著我們。

「回來啦！進行得順利嗎？」

看見那個看穿一切的微笑，我忽然覺得身體裡的毒氣全都消失了。

「是啊！」

我笑了。

也對，即使本我怪物消失了，三浦也不見得會變成一個好人。我誤會了，三浦只是回歸為原本的三浦而已。那個毫無自覺又不太可靠、還很愛耍賴的大人，就是三浦，這點無庸置疑。

「辛苦了。」

龍先生拍拍我的肩膀，讓我覺得一切的辛苦都有了回報。秋音那個傢伙，只要看到龍先生就心情大好，剛才的事情好像根本沒發生過似的。

「你們兩個趕快去洗澡吧！基於武士情操，我等你們回來再開動。」

畫家邊說邊秀給我們看，原來是塞滿桐木盒子的海膽。

「呀～～看起來好好吃哦！」

「好、好大，而且還亮晶晶的。」

「這是人家剛抓到就拿來的。有很多，今天晚上可以吃生海膽吃過癮了。」

龍先生笑了。

「但是，我不太敢吃海膽……」

「那只是因為你沒吃過真正好吃的海膽。放心啦！你可以吃吃看這個。」

我用最快的速度洗完澡，開始品嘗生海膽。

味道跟龍先生說的一樣。

「咦？很甜嘛！」

濃厚的甜味在嘴巴裡化開，岩石的香氣隨後衝上鼻腔。

「琉璃子，再來一碗海膽蓋飯！」

秋音很快地要了第二碗擺滿海膽的海膽蓋飯。詩人、畫家、龍先生和山田先生

這些大人則是吃生海膽涼麵和烤海膽，大口地喝著日本酒。

我吃完海膽蓋飯之後，又吃了海膽鮪魚蓋飯。在兩道重口味料理之後，吃一些琉璃子特製的醋拌雞胸肉涼粉，中和一下，結果嘴巴裡清爽得不得了。這種味道的對比深深地滲入我的身體裡。最後一道菜是海膽茶泡飯。

「啊——身為日本人真是太棒了！」

如果舊書商在的話，應該就會這麼說吧！他一定會為今天不在家而悔恨不已。

睡覺之前，我打了電話給長谷。

「所有事情都平安結束了。」

我終於可以平靜地這麼說。

「是嗎？」

長谷的聲音也很平靜。

「我會去聽你描述詳情的。」

「哦……嗯，那就星期六見囉！」

隔天是星期五。

早上我走進教室，在座位上坐下的時候，發現抽屜裡面有一張紙條。

「午休時間到美術教室來」

「……？」

我原本以為是小混混下的戰帖，不過「美術教室」這個地點有點奇妙。的確，沒有人會在午休時間到那裡去，而且那並不是適合大打出手的地方。

總之，還是先去看看吧——我在吃午餐之前先去了美術教室。

美術教室和理化教室、音樂教室都在同一棟校舍裡，但是位於最裡面。待在這

裡，校園內的嘈雜聲聽起來變得很遙遠。

美術教室裡擺著半身石膏像、畫布和美術社社員們的櫃子，相當凌亂，不過裡面卻連一個人也沒有。

「還沒來嗎？把我叫出來還讓我等，膽子還滿大的嘛！」

我看著教室深處一幅畫到一半的畫。這個時候，突然覺得脖子後面有點刺痛。

「！」

一回過頭，三浦就站在我眼前。

碰！我躲過了三浦突然撞過來的身體，三浦撞上了畫布。我剛才還在看的畫上出現了一個大洞。三浦的手上握著菜刀。

「你……你想幹嘛？」

三浦看著我，臉上露出了難以言喻的表情。那是充滿了憤怒、悲傷和無奈的表情，簡直就跟在醫院頂樓攻擊田代時的表情一模一樣——只不過，他的臉上沒有邪氣。

「我知道……我都知道，但是我已經走投無路了，我再也忍不下去了！」

他拿著菜刀的手頻頻顫抖著，眼淚也盈滿了眼眶，繼續說：

「就這麼把所有的東西破壞掉就好了，對吧？你也這麼覺得吧？」

「你是白痴啊？這樣只是逃避而已。如果你是大人的話，就不要逃避，好好面對。」

「我沒有逃避。你為什麼會這麼說？我不懂。」

三浦變得又哭又笑。

完了，這傢伙……他徹底瘋掉了。

我又躲過了再次朝著我撞過來的三浦，然後抓住他拿著菜刀的手，可是三浦的力氣太大，硬是把我的手甩掉。

「哇！」

我撞上櫃子，倒在地上。三浦毫不猶豫地揮著菜刀。

「你這混帳東西！」

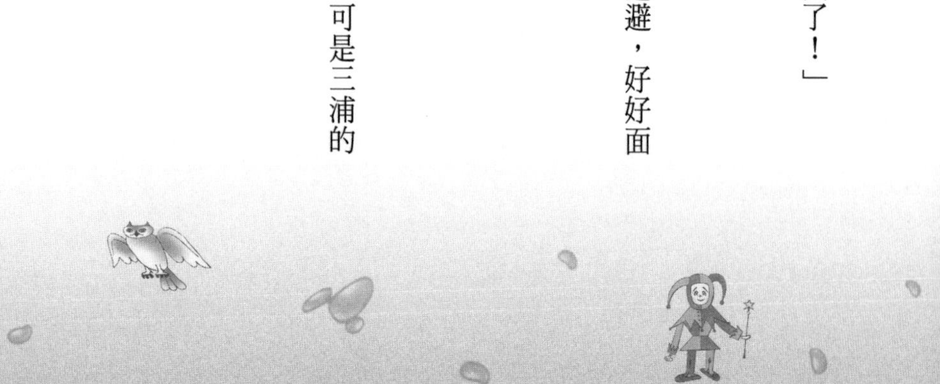

我打開「小希」，唸著：

「布隆迪——斯！」

咚哐——！

「剛才的聲音是什麼？」

「怎麼了？是地震嗎？」

教室裡的田代她們應該也嚇了一跳，不過在美術教室樓下的人更是嚇壞了——那裡是教職員辦公室。所有的玻璃都破了，放在高處的東西全都掉了下來，使用中的電腦資料也消失得一乾二淨。對不起。

「哥伊艾瑪斯！」

我叫出大力士精靈人偶哥伊艾瑪斯，麻煩它把我從倒下的櫃子、畫架以及掉下來的半身雕像、玻璃碎片下面救出來。

美術教室因為爆裂性的衝擊而一片狼藉。這時我心想，每次用布隆迪斯都搞成這樣的話，那可行不通。

鮮血滴落在碎裂的白色半身雕像上。我擦了一下臉，發現自己滿臉是血。看來我的頭被割傷了，左肩也因為劇烈的疼痛而動彈不得。

「你還好嗎？主人。」

富爾從我胸前的口袋探出頭來。

「左肩膀脫臼了，可惡！」

我也叫哥伊艾瑪斯把同樣被壓在一大堆東西下面的三浦救了出來。即使已經完全失去了意識，他還是緊緊地抓著菜刀。

我又深深地迷惑了，不過這次，我決定直接把他丟在這裡。

「我看你病得不輕，去醫院給醫生看看吧……」

我低頭望著三浦的臉。他就像是個哭鬧累了的孩子一般沉睡著。

「每個人都會經歷各式各樣的失敗和挫折。要是因為這些失敗、挫折而自暴自棄，你還能幹嘛啊？難道要裝作什麼事都沒發生過嗎？這樣的話，你不就會再嘗到同樣的敗果？那也未免太蠢了吧！」

要承認自己的失敗、自己的錯是很困難的。要改過自新更是難上加難。

可是，就算走得很慢，我也要向前走。我絕對不會說什麼「自己沒有錯」而輕易回頭的。

我——要朝著未來前進。

警車和救護車蜂擁而至。

警察一邊說著：「這已經是第三次了呢！」一邊尋找突發爆炸聲的由來。另一方面，他們也對倒在美術教室裡的三浦緊握菜刀一事表示高度的注意。在一旁的我則做了以下的證詞：

「我被三浦老師攻擊了。」

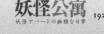

警察陪著我們去醫院。

我的右邊太陽穴縫了五針，脫臼的左肩被固定住，暫時還無法活動。

治療結束之後，我接受了警方的簡單問訊。

「走在走廊上的時候，三浦老師突然拿著菜刀出現，所以我就逃到美術教室，爆炸聲就是在那個時候響起的。」

警方應該能夠接受這種說法吧！

離開醫院的時候，我瞥了三浦一眼。他哭著向警察抱怨在白峰發生的事。在警方聽來，那應該像是莫名其妙的瘋話吧！

導師早坂老師替我把我的東西拿來醫院，並送我到妖怪公寓附近的車站。

太陽西斜，夕陽在陰天的雲層間隙中閃耀。

我茫然眺望著這幅風景。

這麼一來，這起事件就真的結束了吧！

我拯救三浦了嗎？

我忽然發現胸前口袋裡的富爾正抬頭看著我。

「……幹嘛？」

「不，沒什麼。」

他動作誇張地聳聳肩。

「喂！富爾。你能不能處理一下那個布隆迪斯啊？可不可以變得更有……效率？還是應該說更精簡一點……」

富爾露出了非常煩惱的模樣說：

「只有等到主人具備能夠控制力量的法術才行，我也無能為力，就是如此。」

「夕士，怎麼了？那些傷是怎麼回事？」

在玄關看見我的詩人大喊。

我在起居室裡告訴公寓的所有人今天發生的事情。秋音有點惋惜地說：「是哦？」對啊！我本來也以為自己能夠幫助三浦恢復平凡安穩的生活。

不過其他大人們都沒什麼了不起的感想，只做出「哦～」的回應。

「我……拯救三浦了嗎？」

我低聲問。

「救不了的人就是救不了。」

畫家酷酷地丟出這句話。

「有時候，答案是不會馬上出現的。」

龍先生的話讓我抬起頭。

龍先生在笑，我也跟著笑了。

「夕士，那你沒吃午餐囉？」

詩人這麼一說，我才發現自己餓得要命。

「對啊！早知道就先吃過飯再去了。」

我打開便當盒。然而，裡面卻沒有琉璃子的特製海膽午餐。

「什麼？」

放在洗得乾乾淨淨的便當盒裡的，是幾顆糖果和粉紅色的字條。

「便當我們幫你吃了，謝謝招待。　小內」

「超～好吃的喲！　小櫻」

「糖果是慰問的禮物哦！祝你早日康復～～～　田」

「那些傢伙！」

除了我之外，所有的人都大爆笑。這根本就是雪上加霜嘛！真是的。

然後到了隔天。

長谷看到我的傷勢之後臉色鐵青，才聽詩人說到一半，他就爆發了。

「你這傢伙！不是說什麼不會危險嗎？那這副驢樣又是什麼意思——？」

我被長谷連甩了兩個耳光（我明明是傷患啊）。

接著，長谷把我拖到秋音面前，將我的頭按在地板上說：

「秋音，從明天開始，請妳把這傢伙的修行升級，增加兩倍！不，三倍、四倍都行！」

看著腫著臉的我，畫家和詩人都捧腹大笑。

「哇哈哈哈哈！你的臉變得跟小圓一模一樣耶！」

「愛之深責之切呀——打得滿兇的哦！」

唉！不過憑我現在的狀態，確實還是無法使喚布隆迪斯。自己使出的法術讓自己碰上危險，我也無話可說了。

為了不要再讓這種事情發生，我的修行還是得升級了。唉！

傷勢完全痊癒幾天後——

我在打工結束回家的路上被幾個不小心對上視線的小流氓找麻煩。

狀況就跟之前和不良學生對峙的時候一樣。我們在狹窄的小巷子裡互瞪。

「怎麼樣呢？主人，要不要試試除了布隆迪斯以外的其他精靈呢？希波格里夫怎麼樣？」

富爾在我胸口對我說。

我想了一會兒，然後說：

「開溜啦！富爾。」

富爾很開心地轉著眼睛。

「逃走吧！」

大部分的時候都會接受對方挑釁的我，是第一次主動從現場逃脫，總覺得腳步又輕又快，讓我不自覺地笑了。

聽說，修理全被破壞的美術教室和玻璃窗花了好幾百萬。

非常抱歉。

出社會之後，我會用捐贈的方式一點一點償還的。是，我不會再犯了。

香月日輪

妖怪公寓 4

妖怪アパートの幽雅な日常

佐藤三千彦◎圖

2009年4月～
妖怪公寓
第四彈！

魔法修行升級、
龍先生送的「第三隻眼」……
這才算個像樣的魔法師啊！

放暑假了！看著同學們都興奮地計畫大玩特玩，夕士心裡雖然羨慕得要命，卻只能認命地乖乖修行，因為這可關係到他的性命！

已經踏上魔書使之路的他，使用魔法的同時，生命力也會消減，只有修行才能救他，而且在暑假中，秋音給他的修行還升級了。只是，雖然才小小升了一級而已，夕士每天卻都覺得簡直痛苦得要死，原本已經習慣的「水行」，如今卻變得像地獄！

「我到底為什麼要做這種事啊?!」就在夕士開始對這一切感到懷疑的時候，龍先生給他的「第三隻眼」起了意想不到的功用……

YOUNG AGE小說鮮視界！
YA!
青春滿點！活力滿載！好看滿分！

日本熱門漫畫《閃靈二人組》超強組合
聯手打造的奇幻冒險力作！

首刷隨書限量附贈：
《閃靈特攻隊》精美原畫海報！

閃靈特攻隊①

青樹佑夜◎著　綾峰欄人◎圖

「我想過不平凡的人生！」你的請求，上天聽到了！

世界上真的有「超能力者」嗎？這對身為平凡中學生的我而言簡直難以置信啊！但那個出現在我房間的裸體美少女，絕對不可能是幻覺吧！什麼？妳說這叫做「靈魂出竅」，是超能力的一種？還說妳和夥伴們正被一個叫做「綠屋」的神秘組織追捕，需要我的幫助？好吧……心中湧起了平常沒有的膽量。就算真的被幽靈誘惑也無所謂，我的好奇心已經戰勝一切了！……

原來是他?!
蟄伏已久的最強超能力者即將覺醒！

首刷隨書限量附贈：
《閃靈特攻隊》精美原畫海報！

閃靈特攻隊②

青樹佑夜◎著　綾峰欄人◎圖

怎麼辦？我已經無路可逃了……

自從遇見綾乃和条威、海人、小龍之後，我的人生就有了一百八十度的大轉變。其實他們是擁有特殊能力的人，因為逃出秘密組織「綠屋」而受到追捕，在經歷一場超能力者大戰之後，他們全都成了我的同學和夥伴，而我也被誤以為是擁有「念動力」的超能力者！最近鎮上陸續發生青少年失蹤案，唯一被找到的少女竟然在警官面前自己爆炸了！而且她在臨死之前只說了我的名字！……

國家圖書館出版品預行編目資料

妖怪公寓/香月日輪著;紅色譯. -- 初版.
-- 臺北市 : 皇冠, 2008.07- 冊 ; 公分.
-- (皇冠叢書;第3749種-)(YA! ; 001-)
譯自 : 妖怪アパートの幽雅な日常
ISBN 978-957-33-2437-9 (第1冊 ; 平裝) --
ISBN 978-957-33-2467-6 (第2冊 ; 平裝) --
ISBN 978-957-33-2504-8 (第3冊 ; 平裝)
861.57 97010455

皇冠叢書第3818種

YA!013

妖怪公寓③

妖怪アパートの幽雅な日常 3

作　者—香月日輪
插　畫—佐藤三千彥
譯　者—紅色
發 行 人—平雲
出版發行—皇冠文化出版有限公司
台北市敦化北路120巷50號
電話◎02-27168888
郵撥帳號◎15261516號
皇冠出版社(香港)有限公司
香港灣仔駱克道93-107號利臨大廈1樓
電話◎2529-1778　傳真◎2527-0904
出版統籌—盧春旭
責任編輯—丁慧瑋
版權負責—莊靜君
外文編輯—蔡君平
美術設計—許惠芳
行銷企劃—何曉真
印　務—陳碧瑩
校　對—鮑秀珍・邱薇靜・丁慧瑋
著作完成日期—2004年
初版一刷日期—2009年1月

法律顧問—王惠光律師

如有破損或裝訂錯誤，請寄回本社更換
讀者服務傳真專線◎02-27150507
電腦編號◎515013
ISBN◎978-957-33-2504-8
Printed in Taiwan
本書定價◎新台幣180元/港幣60元